Julia Heinecke

Kalte Weide

Ein Hirtenbub im Schwarzwald

Julia Heinecke

Kalte Weide

Ein Hirtenbub im Schwarzwald

Badischer Landwirtschafts-Verlag GmbH
Freiburg im Breisgau

2., überarbeitete Auflage 2016

Merzhauser Straße 111, 79100 Freiburg im Breisgau
www.badische-bauern-zeitung.de

Titelbild: © Konrad Mayer, Furtwangen, siehe Seite 269

Gestaltung: Irina Falkenstein

Lektorat: Martin Uhlenbrock

Herstellung: Freiburger Druck GmbH & Co. KG
Lörracher Straße 3, 79115 Freiburg

ISBN 978-3-9818089-0-2

Julia Heinecke hat Kulturwissenschaften sowie Sprachen studiert und lebt und arbeitet als freiberufliche Übersetzerin, Lektorin und Texterin in Freiburg. „Kalte Weide – Ein Hirtenbub im Schwarzwald" ist ihr erster Roman.

www.die-schreibstatt.de

VORWORT

Klingt es nicht schön? Ein Sommer auf dem Land. In atemberaubender Landschaft. Im Einklang mit Tier und Natur. Ein Leben auf dem Bauernhof. Unterbringung im rustikalen Ambiente bei familiärem Anschluss und traditionsreicher Küche. Schlagworte, wie sie einem modernen Ferienprospekt entnommen sein könnten. Das Soforthilfepaket für den gestressten Großstädter, der es sich verdient hat, einmal wegzukommen und auszuspannen. Aber durchaus auch pädagogisch verwertbar: Als urtümliche Naturerfahrung für die vom Medienkonsum weltentfremdeten Jugendlichen. Als mehrwöchiger Landaufenthalt mit Möglichkeit zur ungestörten Selbsterfahrung. Unter professioneller Aufsicht geschult für leichte landwirtschaftliche und handwerkliche Tätigkeiten. Vermittlung von methodischer und sozialer Kompetenz. Klingt das nicht sogar sinnvoll?

Es kommt auf die Position des Zuhörers an. In unseren heutigen Ohren mag ein zeitlich begrenzter Aufenthalt im landwirtschaftlichen Umfeld sowohl seine uneingeschränkte Berechtigung als auch einen unbedenklichen Erlebnischarakter haben. Gerade einmal ein Menschenleben früher hatte die im Kern sehr ähnliche Sache eine fundamental andere Bedeutung. Zu Zeiten wirtschaftlicher Not war das Kind im Haushalt nicht viel mehr als ein weiteres Maul, das es zu stopfen galt. In von Lebensmittelknappheit und unsicheren Lebensperspektiven geplagten Familien war ein Esser mehr am Tisch vielleicht einer zu viel, um menschenwürdig überleben zu können.

Die Organisation des Fortbestands der Familie erforderte eine Trennung: Da waren die erwerbsfähigen Erwachsenen, die in der Verantwortung standen, dann die Kleinsten, die noch nicht, und die Alten, die nicht mehr für sich selber sorgen konnten. Dazwischen die größeren Kinder, für die es keine Kindheit geben sollte, weil sie gerade alt genug waren, um, wenn alles gut ging, selber durchzukommen. Weggegeben und verschickt. Verdingt, wie es hieß, als Hütekinder auf Bauernhöfen, wo es für Arbeit wenn nicht Lohn, so doch Unterkunft und Essen gab. Der Landaufenthalt erfolgte nicht aus Sehnsucht, sondern aus Notwehr, sein Sinn war nicht Selbstfindung, sondern Selbsterhalt. Es ging, so einfach wie brutal, ums Fressen oder Sterben.

Die Schicksale der Hütekinder, von denen wir reden, machen in der weiten Grauzone der Kinderarbeit nur einen kleinen Teil aus. Allein die Zahl der Kinder und Jugendlichen, die über einen Zeitraum von 300 Jahren aus dem Alpenraum nach Oberschwaben verdingt wurden, geht in die Tausende. Die als Schwabenkinder zu trauriger Berühmtheit gelangten Söhne und Töchter armer Bergbauernfamilien wurden auf dem Kindermarkt in Ravensburg als saisonale Arbeitskräfte vermittelt. Wie Sklaven gehandelt, trifft es vermutlich besser, denn die Minderjährigen wurden regelrecht als Menschenmaterial importiert. Ohne Besitz und Ausbildung waren sie aus ihren Herkunftsgebieten, den agrarischen Grenzregionen der Alpentäler, zu Fuß in die Regionen nördlich des Bodensees gewandert, um die niederen Arbeiten zu übernehmen, die wohlhabende Bauersleute ihren Söhnen und Töchtern zum Großteil schon nicht mehr zumuten wollten. Man hielt sich für etwas Besseres, das von Stand her schon das Recht besaß, die besitzlosen Unterschichten zu unqualifizierter Arbeit heranzuziehen und nach reiner Willkür zu entlohnen.

Die Situation lässt sich weder als typisch für Oberschwaben bezeichnen noch generell auf den süddeutschen Raum nördlich der Alpen begrenzen.

Wanderbewegungen von Hütekindern sind aus verschiedenen deutschen Gebieten bekannt, aus Preußen, Mecklenburg, Brandenburg, Sachsen und nicht zuletzt aus dem Schwarzwald. Auch zeitlich ist es kaum möglich, das Phänomen der Kinderarbeit, die es in verschiedenen Formen zu allen Zeiten und in allen Kulturen gegeben haben dürfte, mit einer bestimmten Epoche zu verbinden. Im gesamten europäischen Raum gab es schon im Zeitalter der Aufklärung, vereinzelt bereits ab 1700 staatliche

Bemühungen, arme und bettelnde Kinder zur Arbeit in Waisenhäusern und Manufakturen zu bringen, um sie zu Fleiß und einer als sittsam erachteten Lebensführung zu erziehen. Mit Beginn der Industrialisierung treten diese idealistischen Ziele jedoch in den Hintergrund und die Produktionsstätten entdeckten den ökonomischen Vorteil von billigen Arbeitskräften. Kinder, aber auch Frauen aus unterprivilegierten Milieus wurden bei überlangen Arbeitszeiten und schlechtesten hygienischen Bedingungen für kärglichen Lohn zu monotonen Tätigkeiten in den Fabriken herangezogen.

Damit haben wir das Feld der Hütekinder schon weit hinter uns gelassen und bereits ein Fenster zum weltweiten Problem der Kinderarbeit in der Dritten Welt des ausgehenden 20. und beginnenden 21. Jahrhunderts aufgestoßen. Der Weg zu den Anfängen aller Hütekindergeschichten führt uns wieder zurück in die bäuerliche Welt. Denn hier – und nicht etwa im zunfthandwerklichen Sektor des Mittelalters – liegen die Wurzeln der systemischen Kinderarbeit. In einem zunächst keineswegs ausbeuterischen oder verwerflichen Sinn: Das Landkind vergangener Jahrhunderte, aber auch unserer Zeit erlebt sein Hineinwachsen in die bäuerliche Großfamilie durch die schrittweise Übernahme verschiedener Arbeitsgänge. Bereits Sechs- oder Siebenjährige konnten etwa mit dem Füttern der Hühner zu einem unverzichtbaren Teil der

Hofgemeinschaft werden und sich damit, neben Arbeitsauffassung und Grundwissen, bereits Vertrauen zu sich selbst und Anerkennung durch die Älteren erwerben. Die Arbeit hatte somit ihren selbstverständlichen Platz im kindlichen Leben. Ihr kam auch ein moralischer Wert zu, indem sie von jeglichen Lastern und Fehlverhalten abhielt und es jedem Einzelnen ermöglichte, sich seinen Anteil am gedeckten Esstisch auf ehrlichste Weise zu verdienen.

Konnten die Hütekinder dann nicht doch von Glück sagen, es so und nicht anders getroffen zu haben? Gesetzt den Fall, sie waren bei guten Bauersleuten untergekommen, sagen wir bei gottesfürchtigen Menschen, die Gerechtigkeit nicht nur predigten und ihre Knechte und Mägde nicht schlechter als die eigenen Kinder behandelten? Und gehen wir vielleicht auch noch davon aus, dass sie nicht über die Maßen verprügelt wurden, eine trockene Unterkunft gestellt bekamen und überdies auch noch die Hirtenschule besuchen durften, wo ein nachsichtiger Lehrer ein weises Regiment und nicht nur den Rohrstock führte. Gab es da wirklich immer noch Grund zu Wehklagen, Bettnässen und Angst vor dem kommenden Winter? Gab es, ja. Denn wir dürfen den einen großen Schmerz nicht vergessen: das Heimweh.

Die Fremde, in der sich das Hütekind zu behaupten hatte, war kein selbstgewähltes Domizil von selbstbestimmter Dauer. Der Weggang vom vertrauten Elternhaus erfolgte meist ungewollt und ebenso oft mit ungewissem Ziel. Ein aufnehmender Bauernhof, im Normalfall von den Eltern nach mündlichen Informationen ausfindig gemacht, konnte weder vorher besichtigt noch nach unglücklichen Anfangstagen mit einer einfachen Absage wieder verlassen werden. Die Unterbringung geschah auf Gedeih und Verderb. Die Chance, es gut zu treffen, war nicht größer und nicht kleiner als die Wahrscheinlichkeit, auf gutherzige Bauersleute und mitfühlende Kameraden zu stoßen. Von heute aus lässt sich nicht mehr ermessen, wie es sich für das Kind angefühlt haben muss, daheim nicht mehr gewollt und in der Fremde nur eine Arbeitskraft zu sein. So entstehen Geschichten mit ungewissem Ausgang: von Weiden, von Tatzen, von Einsamkeit. Und so entstehen Biografien, in denen noch die alltäglichsten Dinge zum Glück werden können: ein wärmender Kuhfladen, ein gescheites Messer, ein gutes Paar Schuhe.

Ist das ein Heimatroman? Wenn jemand vom Glück schreibt, das es heißt, ein Zuhause zu haben? Von Orten, nach denen die Sehnsucht größer als nach anderen ist, weil du denkst, da und nur da hinzugehören? Von der Heimat, die unsere Kindheit ist und die wir alle einmal verlieren, ohne die leiseste Chance, wieder dahin zurückzufinden? Nein, es ist nicht die Frage, ob es ein Heimatroman ist oder nicht. Es ist keiner, weil die Heimatliteratur im ursprünglichen Sinn die Reaktion der Dichter auf die verängstigenden Auswüchse der Industrialisierung war. Es ist keiner, weil die eigentliche Heimatdichtung – wie die Heimatmalerei und Heimatmuseen – den Zustand, wie er gerade noch ist, zur Idylle erklärt, um sie sich als Utopie zu bewahren. Und es ist dann doch einer mit Fug und Recht, weil er festhält, was nicht die gute alte Zeit, aber doch auch ein Teil unserer Heimat und der Geschichte unserer Eltern und Großeltern war.

In der Tat verlässt uns gerade die letzte Generation, die noch aus eigenem Erleben vom Schicksal der Hütekinder berichten kann. Es ist Zeit, zuzuhören, denn weghören und vergessen müssen wir naturgemäß irgendwann von allein. Julia Heinecke hat zugehört. Nach zahlreichen Gesprächen, die sie über die letzten Jahre mit Hütekindern, vorwiegend aus dem Raum Furtwangen, führte, hat sie deren Erfahrungen gebündelt und auf berührende Weise in diesem fiktiven Roman zusammengefasst. Sie hat der Verlockung widerstanden, da zu schönen und dort abzuschwächen. Sie schildert die Arbeit des Hütejungen auf der Weide wie auf dem Hof, die Stimmungen und Ängste der letzten Kriegsjahre hier in unserer Region und nicht zuletzt den Krieg selbst. Wie er ganz zuletzt auch den Schwarzwald heimgesucht hat, die vermeintliche Bastion abseits allen Geschehens, die so lange für so viele Zuflucht war und dann doch auch alles erlebte, was überall am eigenen Leib erlebt werden musste: Verletzung, Demütigung, Tod.

Wie lange ist das her? Ein Menschenleben, also ein Augenblick und gleichzeitig eine Ewigkeit. Und wovon handelt es? Von Kindern, die auf der Weide Vieh hüten mussten. Also aller Wahrscheinlichkeit nach von Verzweiflung und Hoffnung. Es ist auf alle Fälle gut, das alles schwarz auf weiß zu haben. Denn Zurufe verändern sich gerne im Wind, so wie geschnitzte Herzen irgendwann in der Baumrinde verwachsen und dann von nichts mehr erzählen.

Thomas Hafen M. A.
Schwarzwälder Freilichtmuseum Vogtsbauernhof
Wissenschaftlicher Leiter und Museumspädagoge

1942

I.

Es war ein sonniger Frühlingstag Ende April 1942, ein Samstag. Die Ostertage waren vorüber, und nach dem kalten Winter war es schon angenehm warm geworden. Die Schneeglöckle in dem Beet neben dem Bahnsteig wiegten sich leicht im Wind, als Michael Schocher, genannt Miggi, an der Seite seines Vaters in Kirchzarten aus dem Zug stieg. Er schaute auf die umliegenden Berge. Da oben irgendwo sollte er jetzt also den Sommer verbringen. So ganz vorstellen konnte er sich das noch nicht.

»Auf geht's«, sagte der Vater, »wir müssen jetzt noch eine Weile laufen, dann kommen wir zum Hof.«

Schweigend trottete Miggi neben seinem Vater her. Dieser hatte einen ordentlichen Schritt drauf, so dass Miggi nach einer Weile bat, doch ein wenig langsamer zu laufen.

»Ah geh, Miggi, du bist doch kein kleiner Junge mehr. Und ich muss ja gleich noch den ganzen Weg zurücklaufen und am Abend wieder daheim sein.«

Am Abend wieder daheim sein. Und Miggi sollte da oben bleiben. Sein Herz schlug ihm bis zum Hals, wenn er nur daran dachte.

Nach einer halben Stunde war das Ziel erreicht. Miggi war überrascht. Von früheren Ausflügen in den Schwarzwald kannte er die mächtigen Höfe mit ihren tief herabreichenden Dächern. Der Hof, den er hier vor sich sah, verdiente diese Bezeichnung allerdings kaum. Es war ein kleines Haus mit schmalen Fenstern, gleichwohl wie die großen Schwarzwaldhöfe am Hang gebaut, mit heruntergezogenem Dach und einer Hocheinfahrt in die Tenne im oberen Stock. So viel Vieh kann es hier ja gar nicht geben, fuhr es Miggi durch den Kopf. Wie groß mag die Herde sein, auf die ich aufpassen soll?

»Wir sind da«, rief der Vater in Richtung Haus. »Der Schocher-Hans mit dem Miggi.«

Die Tür im ersten Stock öffnete sich knarzend und eine Frau, die Miggis Empfinden nach uralt aussah, ließ sie herein.

Vom Hausflur aus traten sie gleich rechts in die Stube ein. Miggi schaute sich um. Gleich links befand sich ein grüner Kachelofen, über dem ein Gestänge mit ein paar Wäschestücken hing. In drei Ecken hing jeweils ein Jesuskreuz. Eine Bank zog sich wie ein Band an der Fensterseite entlang. Davor ein Tisch, der etwa sechs Personen Platz bot, und ein paar Stühle. Hier setzten sie sich nieder.

Im Raum herrschte eine seltsame Stille. Es war fast, als würde niemand hier wohnen. Die Bäuerin rief etwas nach draußen, und wenige Augenblicke später trat der

Bauer durch die Tür. Er schien ebenfalls schon alt mit seinem grauen Haar und Bart, die drahtige Gestalt von Jahren der harten Arbeit gebückt.

»Bieri, hörst, hol uns was zu trinken und zu essen!«, sagte er statt einer Begrüßung. Die Bäuerin verschwand und kam nach kurzer Zeit mit etwas Speck, Brot und Schnaps zurück. Der Bauer schnitt jeweils eine Scheibe Brot und Speck ab und reichte sie Miggi, der dankend annahm. Während der Bauer dem Vater und sich selbst einen Schnaps einschenkte, stellte die Bäuerin für Miggi ein Glas Wasser auf den Tisch. Nach dem langen Marsch vom Bahnhof zum Gehöft war Miggi durstig und leerte das Glas in einem Zug.

Während er aß, schweiften Miggis Gedanken zurück zu dem Tag, an dem alles angefangen hatte. Vor zehn Tagen hatte er in der großen Pause mit seinen Kameraden auf dem Hof der Hebelschule im Freiburger Stühlinger herumgestanden, als ein unbekannter Mann auf die Gruppe der fünf Jungen zutrat und fragte, ob nicht einer von ihnen Lust hätte, als Hirtenbub in den Schwarzwald zu kommen. Als Hirtenbub! Das klang zunächst verführerisch. Den ganzen Tag draußen auf der Weide, ein paar Kühe dazu, na und, und sich die Zeit ohne Schule und andere Pflichten vertreiben. Dazu hieß es ja immer, dass es bei den Bauern gut zu essen gab. Und seit der Krieg ausgebrochen war, merkte man schon, dass alles etwas knapper wurde. Kurzum, Miggi erzählte im Überschwang der ersten Begeisterung zuhause von der Begegnung, und seine Eltern sahen ihn interessiert an.

»Das willst du wirklich machen, Miggi?«, fragte der Vater. »Bist du dir denn im Klaren, was das überhaupt heißt? Denn vom Bauernhof stammst du ja nicht gerade.«

Miggi glaubte, eine ungefähre Vorstellung zu haben, und kam sich sehr klug vor.

»Klar, den Tag verbringe ich auf der Weide mit dem Vieh, und was zu essen gibt's auch.«

»Jetzt, wo alles so knapp ist, wären wir natürlich froh, wir wüssten dich gut versorgt. Aber deine Mutter kann deine Hilfe auch hier gut brauchen.«

Vielleicht war auch das ein Grund gewesen, warum Miggi sich das Leben auf einem Schwarzwaldhof schöner vorgestellt hatte als hier bei sich zuhause. Die Familie Schocher lebte zu sechst in einer Dreizimmerwohnung unter dem Dach eines vierstöckigen Hauses in der Klarastraße in Freiburg. Miggi als Elfjähriger war das älteste von vier Kindern, seine jüngste Schwester Hannelore war gerade mal fünf Monate alt. Dazu kamen die siebenjährige Irmi und der vierjährige Klaus. Als Großer war er bereits für allerlei Aufgaben im Haus zuständig – Frauenaufgaben, wie er fand –, und gerade auf die Kleinen aufzupassen behagte Miggi so gar nicht.

Sein Vater, der Hans Schocher, stammte aus einem kleinen Ort im Schwarzwald, aus einer Werkzeugmacherfamilie in Buchenbach, und hatte seinem Sohn immer viel vom Landleben erzählt. Miggi stellte es sich daher recht aufregend vor. Gleichzeitig ging etwas Verlockendes davon aus, ein Hauch von Freiheit. Über die Höhenzüge des Schwarzwaldes ziehen, die Peitsche schwingen und Herr sein über eine Herde Kühe!

Nachdem Miggi zuhause berichtet hatte, dass ein Bauer aus dem Schwarzwald Hütekinder für seinen Hof suchte, schienen seine Eltern im Laufe der nächsten Tage Gefallen an dem Gedanken zu finden, ihn in die Obhut einer Bauersfamilie zu geben. Sein Vater kannte sich natürlich aus, und schon wenige Tage später hieß es, man habe die richtige Unterkunft für ihn gefunden. Nicht zu groß – als Stadtjunge musste Hüten ja erst einmal gelernt sein. Es würde zum Lederlehof gehen. Der Lederlebauer war außerdem Schuster und hatte zugesagt, Miggis alte Schuhe zu reparieren und ihm überdies zum Ende der Hütezeit im Oktober ein neues Paar anzufertigen. Allein das besaß Überzeugungskraft genug: Schuhe waren schwer zu kriegen, noch schwerer als Essen in diesen Tagen. Darüber hinaus wusste man nicht, wie sich die Lage im Land weiter entwickeln würde. Der Krieg tobte nun schon im dritten Jahr. War man überhaupt noch sicher in Freiburg? Es fühlte sich für die Eltern richtig an, ihren Ältesten im Schwarzwald unterzubringen.

Und so kam es, dass Miggi nun hier am Tisch saß und den Erwachsenen lauschte. Der Bauer hieß Heinrich, seine Frau Ruth. Dazu wohnte noch Theres auf dem Hof, die unverheiratete Schwester des Bauern. Sie schaute kurz herein, während sie in der Stube saßen. Wie Ruth wirkte auch sie steinalt.

Nach einer Weile stand der Vater auf, schlug ein mit dem Bauern und nahm seinen Sohn fest in die Arme.

»Mach mir keine Schande, hörst du? Ich will stolz auf dich sein, was du für ein guter Hirtenbub bist!«

»Keine Sorge, Papa. Ich werde mir ganz viel Mühe geben.«

»Und denk immer dran, dass die Schule wichtig ist. Zur Schule musst du!«

Welche Schule? Irgendwie hatte Miggi verstanden, dass die Schule jetzt erst mal ausfallen würde. Aber das stimmte wohl nicht.

Der Vater verabschiedete sich und schritt davon. Miggi stand vor dem Haus und sah ihm nach. Ihm sank das Herz in die Hose. Zum ersten Mal in seinem Leben war er ganz allein auf sich gestellt, ohne Mutter und Vater, ohne seine Geschwister, die ihn so oft plagten, in einem fremden Haus, in dem kaum Leben zu sein schien. Der Vater drehte sich noch einmal um, winkte und verschwand um die Kurve. Jetzt würden sie sich erst einmal nicht mehr sehen.

Schon war der Bauer Heinrich an Miggi herangetreten.

»Komm, Miggi, jetzt zeig ich dir den Stall. Du kannst gleich mit dem Vieh auf die Weide und zeigen, was in dir steckt.«

Miggi folgte dem Bauern mit seinem schwerfälligen, gebückten Gang.

Der Kuhstall befand sich im hinteren Teil des Hauses, direkt unter der Tenne am Hang. Miggi zählte vier Kühe, ein Kalb, zwei Ziegen und zwei Schafe. Dazu gab es allerlei Federvieh, das sogar im Hausflur, der nur aus gestampftem Lehm bestand, umherrannte. Der Bauer drückte Miggi eine lange Peitsche in die Hand.

»Das ist jetzt deine Geißel, die musst du beherrschen. Dann klappt das mit dem Hüten ganz von alleine.«

Miggis neue Geißel war fast so lang wie er selbst. Daran hing ein langes Lederband, an dessen Ende ein stärkeres, aufgeschlitztes Lederstück angebracht war. Miggi begutachtete sein neues Werkzeug aufmerksam.

»Geh raus vor die Stalltür und probier es aus«, ermunterte ihn der Bauer. »Wenn du's richtig machst, haben die Tiere Respekt vor dir, allein schon, weil's so schön schnalzt.«

Draußen angekommen wedelte Miggi eine Weile herum, bis er es schaffte, der Geißel ein richtig sattes Knallen zu entlocken. Und gleich nochmal. Miggi war zufrieden – das machte Spaß. Er juchzte, und schon rief ihn der Bauer zurück in den Stall.

»So, jetzt bindest du die Kühe los und treibst sie hinaus.«

Miggi näherte sich den großen Tieren mit den bedrohlich wirkenden Hörnern respektvoll über die Stallgasse, in die sie ihre großen Köpfe hineinstreckten. Die Kühe waren mit einem Eisenring um den Hals an ihrem Platz festgebunden. Miggi versuchte, den Mechanismus der Eisenringe zu öffnen, aber das war leichter gedacht als getan. Immer wenn die Kuh anfing, ihren Kopf hin und her zu bewegen, schreckte Miggi zurück.

»Von hinten geht's leichter, komm herum«, sagte der Bauer, und Miggi kletterte über einen leeren Stallplatz zu ihm hinüber. So ganz traute er sich nicht, von hinten an die Kuh heranzutreten, aber er wollte nicht vollends als Feigling dastehen und gab sich innerlich einen kräftigen Ruck. Nun stand er neben der Kuh und schaffte es tatsächlich problemlos, den Halsring zu öffnen. Die Kuh machte sich gleich auf den Weg nach draußen, und Miggi löste den nächsten Ring. Diese Kuh hatte es schon richtig eilig, nach draußen zu kommen, denn sie war die letzte – alle anderen waren schon befreit und vor der Stalltür angekommen. Und so sah auch Miggi zu, dass er aus dem Stall kam.

Der Bauer wartete draußen auf ihn und schaute an ihm herunter.

»Sind das deine einzigen Schuhe?«

Miggi nickte.

»Die kannst du beim Hüten nicht so gut brauchen, das wär schad' drum. Zieh sie aus. Auf der Weide kannst du barfuß laufen.«

Miggi tat, wie ihm geheißen. Er lief auch in Freiburg oft barfuß herum, es machte ihm nicht viel aus, und es war ja wirklich nur dieses eine Paar Schuhe, das er sein Eigen nennen konnte. Er hätte sich auch noch die alte Hose anziehen sollen, die seine Mutter extra für ihn eingepackt hatte – sie war schon etwas kurz und ging gar nicht mehr bis zum Knie, aber zum Hüten auf der Weide, befand sie, reichte es allemal. Jetzt dachte Miggi daran, dass er besser seine zweite, lange Hose schonen sollte, aber es war schon zu spät – er wollte jetzt nicht unangenehm damit auffallen, dass er so schlecht vorbereitet war. Die Schuhe stellte er schnell noch neben der Haustüre ab und stopfte die Strümpfe hinein, dann rannte er, die Geißel in der Rechten, dem Heinrich hinterher, der bereits einige Meter mit Kühen, Schafen und Ziegen in Richtung Wald unterwegs war. Da der Bauer mit seinem gebückten Gang so langsam lief, hatte ihn Miggi im Nu eingeholt.

Der Bauer hieß ihn, hinter der Herde zu bleiben und zu schauen, dass es sich kein Vieh am Wegesrand gemütlich machte und dort das frische Gras genoss.

»Ich zeig dir jetzt das Stück, wo du das Vieh weiden lassen kannst. Aber du musst aufpassen, dass es dir nicht abhaut! Wenn die erst mal im Wald drinnen sind und du schaust nicht nach ihnen, dann gute Nacht.«

So liefen sie etwa zweihundert Meter, während Miggi die Geißel schwang und die Kühe und Ziegen lauthals aufforderte, doch bitte auf dem Weg zu bleiben. Diese Aufgabe erwies sich als deutlich schwerer als gedacht. So eine Ziege ist wahrlich ein bockiges Viech, dachte der Junge. Nur mit äußerstem Nachdruck und einem gescheiten Schnalzen der Geißel ließen sich die eigensinnigen Tiere davon überzeugen, dem Rest der Herde zu folgen. Als sie auf dem Weidestück ankamen, war Miggi bereits durchgeschwitzt von der Anstrengung, alle Tiere im Auge und in der Gruppe zu behalten.

»So«, sagte der Bauer. »Hier kannst du jetzt ein Weilchen bleiben. Schau gut, dass keins verschwindet. Die Viecher sollen nur hier auf dem Weidestück bleiben. Ich hole dich dann später wieder ab.«

Ohne ein weiteres Wort verschwand der Bauer den Hang hinab.

Miggi schaute ihm mit einer Mischung aus Ungläubigkeit und Unsicherheit hinterher. Er war jetzt also ganz alleine hier auf der Weide mit dem Vieh und sollte aufpassen. Ein bisschen mehr Zeit zum Lernen hätte nicht geschadet, fand er. Aber er wollte sich nicht blamieren und nahm sich vor, hier sein Bestes zu geben und einen guten Eindruck zu hinterlassen. Immerhin war ein neues Paar Schuhe in Aussicht gestellt worden! Und auch das Speckbrot, das die steinalte Bäuerin ihm gereicht hatte, hatte köstlich geschmeckt. Miggi überlegte, wann er zuletzt so ein gutes Stück Speck gegessen hatte. In der Stadt aßen sie eher Fleischwurst, aber die war seit einem Jahr eigentlich unerschwinglich geworden und fast nicht mehr zu kriegen. Überhaupt klagte die Mutter in letzter Zeit oft darüber, dass es alles nur noch auf Lebensmittelkarten gab – und davon immer weniger. Vielleicht hatte Miggi es hier oben also doch ein bisschen besser als zuhause in Freiburg, zumindest was das Essen betraf. Aber ein wenig seltsam fand er es schon, dass es hier keine anderen Kinder gab. Solange er denken konnte, war er immer von seinesgleichen umgeben gewesen. Da waren natürlich seine Geschwister. Aber im selben Haus lebten auch sein bester Freund Christian und dessen nur ein Jahr jüngerer Bruder Lothar, und zusammen verbrachten sie die Nachmittage, wenn die Eltern es zuließen und keine Pflichten anstanden. Auch seine anderen Kameraden aus der Schule wohnten in der Klarastraße oder in den angrenzenden Straßenzügen. Es war immer was los! Da konnte es einem in der Stille hier schon etwas mulmig werden.

Miggi hatte nicht allzu viel Zeit, sich seinen Gedanken hinzugeben, denn schon knackte es im angrenzenden Gehölz und die erste Kuh wollte sich auf und davon machen. Eine der Ziegen gleich hinterher. Mistviecher! Miggi fluchte und rannte in den Wald hinein. Der Waldboden stach in seine Fußsohlen. Autsch! Miggi hob den rechten Fuß hoch und sah drei Risse, aus denen es blutete. Aber was soll's, wenn er doch nach der Kuh und der Ziege schauen musste? Also Zähne zusammenbeißen und weiter. Mit ordentlichen Peitschenschlägen und Gezeter schaffte Miggi es, Kuh und Ziege wieder aus dem Waldstück herauszutreiben.

Kaum zurück auf der Weide, war schon die nächste Kuh in die andere Richtung verschwunden. Miggi blieb nichts anderes übrig, als wieder hinterherzurennen und das Tier mit ordentlichem Gefuchtel zurück zur Herde zu treiben.

Puh. So hatte er sich das irgendwie nicht vorgestellt. Ganz schön anstrengend, hier alles unter Kontrolle zu behalten. Miggi erkannte schnell, dass er es sich nicht auf irgendeinem Stein gemütlich machen und die schöne Landschaft betrachten konnte. Hier war voller Einsatz gefragt, ohne Zweifel. Und so drehte er regelmäßig seine Runden um seine kleine Herde und versuchte, alle Tiere beieinander zu halten. Die Kühe legten bald ein ruhiges Gemüt an den Tag und schienen nach einer Weile ihren Weideplatz gefunden zu haben, ohne noch einmal Richtung Wald zu schielen. Das Kälbchen blieb sowieso dicht bei seiner Mutter. Auch die Schafe taten nichts anderes, als auf allerkleinstem Raum zu fressen. Nur diese Ziegen machten Miggis ersten Arbeitsnachmittag zu einer Herausforderung, denn es zog sie immer wieder weg von der Herde hinein in den Wald.

Miggi hatte nicht bemerkt, wie die Zeit verging: dass in die frischen blutigen Risse unter seinem rechten Fuß ordentlich Dreck gelangt war, dass noch etliche Risse rechts und links dazugekommen waren, dass er von der ungewohnten Anstrengung ganz durstig war. Er war nur unendlich dankbar, als er entdeckte, dass der Bauer Heinrich sich auf den Weg gemacht hatte und auf ihn zukam.

»Sind sie alle noch da?«, rief er schon von Weitem.

Miggi schaute sich um und zählte. Ja, alle noch da.

»Dann kommt!«

Das ließ sich der Junge nicht zweimal sagen. Er schwang die Geißel, sie schnalzte laut und das Vieh setzte sich in Bewegung, seinem Bauern entgegen, der es, mit einem Stock bewaffnet, in die richtige Richtung lenkte. Brav trotteten alle ihrem Stall entgegen, nur die Ziegen hatten wieder keine Lust und versuchten rechts und links ihr Glück.

Am Hof angelangt, blieben alle Tiere an der Tränke stehen und soffen. Auch Miggi merkte, wie durstig er war, ließ die Pumpe laufen und hielt seinen Mund darunter. Das eiskalte Wasser tat gut. Gierig trank er.

Im Stall angekommen, zitterten Miggi die Knie. Verunsichert blieb er in der Stallgasse stehen.

»Nicht rumstehen, komm, bind die Kühe fest«, befahl ihm der Bauer.

Miggi näherte sich den Kühen von hinten, quetschte sich – noch immer barfuß – zwischen ihren Leibern hindurch und versuchte, die Ringe umzulegen und zu schließen. Das war gar nicht so leicht, und Miggi hatte ständig Angst, von einem ihrer Hörner getroffen zu werden.

»Du darfst den Tieren niemals Angst zeigen, Miggi, niemals«, sagte der Bauer. »Einfach machen.«

Nachdem jedes Tier an seinem Platz war, kam Theres mit dem Melkschemel und machte sich ans Melken.

»Für heute ist's gut«, befand der Bauer. »Geh rein und lass dir deine Kammer zeigen.«

Dankbar verschwand Miggi aus dem Stall, packte sein Bündel, das er im Hauseingang abgestellt hatte, und ging ins Haus. Die Bäuerin stand von Rauch umhüllt in der pechschwarzen Küche am Herd. Auf der Kochstelle stand ein Suppentopf, dessen Inhalt vor sich hin köchelte.

»Was willst'?«, herrschte sie ihn nicht gerade freundlich an.

»Ich soll fragen, wo meine Kammer ist«, antwortete Miggi im Türrahmen schüchtern.

»Ah geh, ich hab jetzt keine Zeit. Siehst du nicht, dass ich das Essen auf dem Herd hab? Geh allein rauf, grad die Treppe da und dann gehst' raus auf den Trippel und dann ist's die zweite Tür rechts.«

Miggi folgte ihren Anweisungen, stieg die niedrige Treppe hoch, ging hinaus auf den Außengang und öffnete die zweite Tür rechts. Da es schon dämmerte und es hier kein Licht gab, brauchte er eine Weile, bis sich seine Augen an das vor ihm liegende Dunkel gewöhnt hatten. Er sah eine winzige Kammer mit einem Holzverschlag in der Ecke, der wohl ein Bett sein sollte. Langsam ging Miggi hinein und prüfte das Bettzeug. Es raschelte. Die Bettdecke bestand aus Stroh. Er schlug sie zurück. Unter dem Laken wurde eine Mulde sichtbar. Offensichtlich handelte es sich bei der Matratze ebenfalls um Stroh. Miggi ließ sich mit einem Seufzer darauf nieder. Hart war sie, zumindest am Rand. Der Junge ließ sich nach rechts fallen und landete mit dem Oberkörper auf dem riesigen Kissen. Auch das war aus Stroh. Wo bin ich hier bloß gelandet, dachte Miggi. Er zwang ein paar Tränen zurück. Das wird schon, das wird schon ... ich muss stark bleiben, denn ich wollte es ja selbst und die Eltern enttäuschen will ich auch nicht ...

Einige Minuten lag Miggi so da, unfähig, sich zu rühren, und erschöpft von der ungewohnten Arbeit. Unter sich im Stall hörte er die Stimmen von Theres und Heinrich, die sich deftig zu streiten schienen, und er dachte an den fröhlichen Trubel zuhause in der Klarastraße. Wie oft hatte er sich schon ein eigenes Zimmer gewünscht, in dem er in Ruhe seine Schulaufgaben machen und für sich sein konnte. Nun, hier lag er, allein in seiner Kammer, und fühlte sich endlos einsam.

Mit einem Ruck setzte sich Miggi aufrecht hin. Keine Zeit für Tränen. Heulen war was für kleine Mädchen! Er war ein Junge, der schon als Hirtenbub arbeitete. Also, was sollte das? Er öffnete die einfache Holztruhe gegenüber seiner Bettstatt und warf sein Bündel so, wie es war, hinein. Dann setzte er sich wieder aufs Bett und wartete, bis er von unten zum Essen gerufen wurde.

Im Halbdunkel lief Miggi die knarzende Treppe hinab in den Hausflur. Er öffnete die Tür zur Stube und blickte in drei vorwurfsvolle Augenpaare.

»Hier kommt keiner zu spät zum Essen, dass du's weißt«, keifte die Bäuerin. »Mein Gott, wenn doch mein Heinrich hier wär! Heinrich war immer pünktlich da zum Essen.«

Miggi war verwirrt. Der Bauer war doch da! Er setzte sich und nahm den Löffel zur Hand. Er hatte solchen Hunger! Auf dem Tisch stand in der Mitte ein großer

Topf Suppe. Ehe er es sich versah, schlug die Bäuerin ihm mit ihrem Löffel kräftig auf den Handrücken.

»Du unverschämter Bub!«, fauchte sie. »Du wirst doch wohl nicht essen, bevor wir alle dem Herrgott gedankt haben, dass er uns genug auf den Tisch gestellt hat? Und weißt du nicht, wer hier zuerst den Löffel hebt? Du ganz sicher nicht! Ach, wenn doch der Heinrich da wär!«

Miggi senkte schuldbewusst den Kopf. Daran hatte er nicht gedacht. Bei ihm zuhause wurde nicht gebetet am Tisch. Sie gingen zwar recht regelmäßig in die Kirche, aber seine Eltern legten ansonsten im Hause nicht viel Wert auf religiöse Sachen. Aber er hatte doch den Löffel nur kurz berührt! Er traute sich jetzt gar nichts mehr, sondern lauschte, wie Theres das Tischgebet sprach. Dann hob der alte Bauer den Löffel und stach als Erster in die dampfende Suppe. Als Nächste folgten die Bäuerin Ruth und dann Theres. Schließlich war Miggi an der Reihe. Er tauchte ein und brachte den vollen Löffel, ohne zu tropfen, an seinen Mund. Die Milchsuppe schmeckte eher fad. Aber egal, ihm knurrte der Magen. Im Topf schwammen Brotkrumen, die anfangs noch hart waren, mit der Zeit aber immer weicher wurden.

Und so ging es reihum, jeder löffelte aus dem Topf, bis der letzte Tropfen gegessen war. Der Bauer sprach noch ein Gebet, dann war die Mahlzeit beendet. Die drei Erwachsenen wischten ihre Löffel am Tischtuch ab,

Miggi tat es ihnen gleich. Dann verschwanden die Löffel – offensichtlich in fester Ordnung – in der Tischschublade. Ruth stand ruckartig auf, griff nach dem leeren Topf und verschwand in der Küche. Auch Theres erhob sich und ging zum Kachelofen. Dort setzte sie sich auf die warme Ofenbank und griff nach ihrem Strickzeug. Die Stube war leidlich mit zwei Kerzen beleuchtet, Elektrizität, das hatte Miggi schnell gemerkt, hatte hier oben im Lederlehof noch nicht Einzug gehalten. Er merkte nun, wie müde er war, und fragte den Bauern, ob er aufstehen und in seine Kammer gehen durfte.

»Ja sicher, nur zu«, grummelte dieser, während er sich eine Pfeife stopfte.

»Also dann – gute Nacht«, sagte Miggi.

Ohne eine Antwort zu bekommen, machte er sich auf den Weg nach draußen. Im dunklen Hausflur überlegte er, wie er unfallfrei den Weg auf den Abort draußen und die Treppe hinauf in seine Kammer schaffen sollte. Offensichtlich hatte Theres denselben Gedanken gehabt, denn sie war so freundlich, ihm zu folgen und ihm eine Laterne in die Hand zu drücken.

»Da«, sagte sie, »damit du nicht hinfällst. Aber sobald du in der Kammer bist, aus damit. Feuer können wir hier wirklich nicht gebrauchen.«

Es waren die ersten Worte, die Theres überhaupt an ihn richtete. Miggi nickte dankbar. Zunächst machte er sich auf zum Aborthäuschen. Der schmale Verschlag mit dem Herz in der Tür lag außerhalb des Hauses neben dem Misthaufen, und es stank erbärmlich darin. Aber ein anstrengender Tag mit Angst und Anspannung lag hinter Miggi, und so war er einfach nur froh, kurz sitzen zu können und seinem Darm freien Lauf zu lassen. Neben sich fand er alte Zeitungen und Blätter, die er zum Abputzen gebrauchen konnte. Derart erleichtert schnappte sich Miggi seine Laterne und kehrte ins Haus zurück. Er hatte keine Ahnung, wo er sich die Zähne putzen konnte. Seine Mutter war diesbezüglich sehr streng. Ohne Zähneputzen ging im Hause Schocher keiner ins Bett. Miggi spürte den Belag auf seinen Zähnen, aber er wagte nicht, jetzt erst nach oben und dann mit der Zahnbürste wieder herunterzugehen. Auch seine Füße hatte er noch nicht gewaschen, und der Dreck des Tages klebte an ihnen. Er beschloss, das Zähneputzen und Füßewaschen auf morgen zu verschieben, denn unter keinen Umständen wollte er in diesem dunklen, fremden Haus länger herumgeistern als nötig.

Kaum hatte er die Kammer erreicht, zog er Hemd und Hose aus, löschte die Kerze und fiel in sein Bett. Er war todmüde. Sein Strohbett war alt, hart und durchgelegen. Dass es feucht und muffig roch, war eigentlich egal, denn von unten kam genug Stallgeruch nach oben. Miggi versuchte, eine angenehme Schlafstellung einzunehmen, aber das große Strohkissen ließ flaches Liegen gar nicht zu und die tiefe Mulde hinderte ihn daran, sich auf die Seite zu drehen. So verharrte er halb sitzend, halb liegend und hoffte auf den Schlaf. Aber je länger er in dem ungewohnten und unbequemen Bett kauerte, desto unheimlicher erschien ihm seine neue Umgebung. Unter ihm scharrte und schnaubte es. Das fand Miggi nun fast beruhigend. Aber diese pechschwarze Dunkelheit ängstigte ihn. Er hatte das Gefühl, orientierungslos zu sein. In seinem Kopf galoppierten die Erlebnisse des Tages noch einmal hin und her. Der Abschied von der Mutter und den Geschwistern in Freiburg. Die Mutter hatte zwar tapfer dreingeschaut, aber Miggi hatte genau gesehen, wie sie sich eine Träne verdrückte, und ihm war es nicht anders gegangen. Die Zugfahrt mit dem Vater. Der Marsch bergauf zum Lederlehof. Diese stille Ankunft. Diese alten Menschen, die fast nichts sprachen. Das Fortgehen des Vaters. Die Kühe, Schafe und Ziegen, die er mit der Geißel beieinander hielt. Das Barfußlaufen durch den Wald. Die Suppe mit dem Brot. Die Dunkelheit.

Miggi wollte es verhindern, aber es ging nicht. Tränen stiegen in seine Augen, liefen sturzbachartig an seinen Wangen herunter und tropften auf seine Brust. Ich will heim, ich will heim, dachte er verzweifelt.

Die Tränen hörten nicht mehr auf, und sie flossen immer noch, als Miggi endlich in einen unruhigen Schlaf fiel.

II.

Es kam ihm vor, als wäre er gerade erst eingeschlafen. Unter ihm rumste es. Tack, tack, tack. Mit einem harten Gegenstand wurde von unten heftig gegen die Decke geklopft.

»Ja, will das Büble nicht aufstehen? Aufstehen, hab ich gesagt!«

Das war Theres' Stimme. Es war noch dunkel, aber die Nacht schien wirklich vorbei zu sein.

Benommen setzte Miggi sich auf die Bettkante. Sein Schädel brummte. Er öffnete mit dem Schieber das glaslose Fenster. Frische Luft und das fahle Licht des Morgengrauens drangen herein. Wie spät es wohl war?

Miggi griff in die Truhe und holte seine zu kurz gewordene Hose heraus, die er zum Hüten tragen wollte. Seine andere Hose mit den langen Beinen hatte an seinem ersten Hütetag schon ordentlich gelitten, die Hosenbeine waren dreckig geworden und natürlich roch sie nicht mehr so gut nach Seifenlauge. Die Mutter hatte sie extra noch gewaschen, damit er einen guten Eindruck machte.

Miggi öffnete die Tür und trat hinaus in die Kälte des Aprilmorgens. Es war viel kühler als in Freiburg.

Er ging direkt in den Stall. Theres saß bereits an der ersten Kuh und melkte. Heinrich stand in der Stallgasse und drückte Miggi die Mistgabel in die Hand.

»So, jetzt leg mal los.«

Miggi hatte noch nie einen Stall ausgemistet, aber so schwer konnte das ja nicht sein. Zwar musste man hinter den Kühen stehen und deren Dung und das feuchte Stroh auf die Mistgabel nehmen, aber es sah nicht nach einem großen Hexenwerk aus. Miggi fing an zu schaufeln. Den Mist hievte er in die Schubkarre, die neben ihm stand. Die ersten Ladungen ließen sich noch ziemlich mühelos an, aber dann merkte Miggi bald schon, wie seine Arme zu schmerzen begannen. Er linste hinüber zum Bauern, der seinen Schubkarren mit Leichtigkeit füllte. Miggi gab sich alle Mühe, sich seine Schwäche nicht anmerken zu lassen und weiter tapfer die Mistgabel zu schwingen. Aber als seine Karre gefüllt war und er versuchte, sie aus dem Stall zu schieben, waren seine Kräfte am Ende. Die Karre war so schwer, dass er sie nicht gerade halten konnte. Der Bauer übernahm und gab Miggi den Rat, die Schubkarre in Zukunft nicht so voll zu laden, dann schaffe er es auch, sie wegzufahren.

Nach der Stallarbeit ging es in die Stube zum Frühstücken. Wie zum Abendessen am Vortag gab es Milchsuppe mit eingebrocktem Brot, aber immerhin war sie mit Honig etwas gesüßt und schmeckte gar nicht so schlecht.

Heute war Sonntag, aber was machte das schon, wenn das Vieh doch auf die Weide musste.

»Du gehst jetzt dahin, wo wir gestern waren, und passt gut auf«, erklärte der Bauer nach dem Frühstück. »Ich bin am Hof, die Frauen gehen in die Kirch'.«

Miggi nickte und folgte Heinrich in den Stall. Gemeinsam banden sie das Vieh los – es ging schon viel besser als gestern, da Miggi ein wenig von seiner Scheu vor den Kühen verloren hatte – und trieben es nach draußen. Der Bauer begleitete Miggi erneut bis zum Weidestück, dann verschwand er wieder, ohne groß Worte zu verlieren. Miggi war zwar etwas ängstlich ob der Aussicht, jetzt wieder stundenlang allein für die Herde verantwortlich zu sein, aber gleichzeitig auch froh, den Lederlehof und seine Bewohner für eine Weile hinter sich zu lassen.

Und so lief er herum und schaute, dass sich keine Ziege und keine Kuh davonmachte. Es war jetzt vielleicht acht Uhr in der Früh, so genau wusste Miggi das nicht, aber der Tag war noch jung. Das Gras unter seinen nackten Füßen war noch feucht und die Luft kühl. Miggi hatte zwar einen Pullover übergezogen, aber die Kälte an seinen nackten Beinen machte ihm nach einer Weile durchaus zu schaffen. Er setzte sich auf den Holzstapel, der am Waldrand aufgeschichtet war, und hob die Füße vom Boden. Sie waren eiskalt. Miggi überprüfte außerdem ihre Unterseiten und entdeckte zahlreiche Risse und Stellen, in denen sich Dreck gesammelt hatte. Wie er das allerdings ändern sollte, wenn er die ganze Zeit weiter barfuß herumlief, wusste er auch nicht. Er überlegte. Die Schuhe, sein einziges Paar, kamen nicht in Betracht. Der Bauer hatte ja gesagt, er solle sie ausziehen. Vielleicht konnte er ein Paar Socken opfern und sich diese auf der Weide anziehen, um ein bisschen Schutz vor der Kälte zu haben. Seine Mutter würde vermutlich schimpfen, wenn sie das hörte, aber sie wusste ja nicht, wie kalt der Boden morgens in der Früh im Schwarzwald war. Miggi seufzte. Er wusste nicht, ob es sinnvoll wäre, auf Socken zu laufen oder nicht, und bevor er länger über sein Problem nachdenken konnte, machte sich auch schon die erste Ziege wieder auf den Weg in den Wald hinein, was es unbedingt zu verhindern galt. Also sprang er auf und lief mit seinen schrundigen Füßen der Ziege hinterher und trieb sie mit seiner Geißel zurück auf das Weidestück. Als er glaubte, seine Herde unter Kontrolle zu haben, setzte er sich wieder auf den Holzstapel, nahm seinen rechten Fuß zwischen seine beiden Hände und versuchte, ihn warm zu reiben. Nach einer Weile wechselte er den Fuß und rieb kräftig am linken und danach an beiden Beinen. Ein bisschen Erfolg erzielte er auf diese Weise schon, aber die Wärme war nicht von Dauer, weil sich seine Kühe und Ziegen doch immer wieder aufmachten, das Weidestück zu verlassen, und er ihnen hinterherlaufen musste. Lediglich die Schafe schienen wirklich pflegeleicht zu sein und fraßen stoisch auf kleiner Fläche vor sich hin.

So verging der Vormittag. Die Sonne gewann etwas an Strahlkraft, und es wurde wärmer und der Boden trockener. Miggi lief viel hin und her und schaute, dass alle seine Tiere beieinander blieben. Irgendwann tauchte der Bauer auf und schaute ganz zufrieden.

»Gut, Miggi, das klappt ja schon«, sagte er. »Dann muss ich gar nicht mehr kommen, das schaffst du von jetzt an auch alleine mit dem Aus- und Einfahren.«

Miggi schaute ihn etwas ratlos an. Der Bauer drehte sich Richtung Hof.

»Da schau, wenn ich ins Fenster ein Bettlaken häng, dann weißt du, dass es Zeit ist, zurückzukommen. Das kriegst du jetzt schon hin.«

Gemeinsam trieben sie das Vieh wieder hinunter in den Stall. Am Brunnentrog füllte Miggi einen Eimer mit Wasser und reinigte gründlich seine Füße. Das tat gut! So gesäubert fiel es leichter, die Stube zu betreten.

Auf dem Tisch standen heute Teller an jedem Platz und in der Mitte eine Schale mit dampfenden Kartoffeln. In einer zweiten befand sich eine braune Soße, in der tatsächlich Fleischstückchen lagen. Miggis Herz hüpfte. So etwas hatte er schon lange nicht mehr gegessen. Es roch wunderbar. Er konnte es kaum abwarten, bis er endlich etwas auf dem Teller hatte. Aber zuvor wurde natürlich gebetet, und wie schon am Vorabend war er der Letzte, dem Ruth etwas auf den Teller schöpfte. Zwar ließ die

Größe der Portion in Miggis Augen zu wünschen übrig, aber egal, er begann, mit Heißhunger zu essen, und es schmeckte ihm wirklich ganz hervorragend. Als sein Teller leer war, schaute er hoffnungsvoll auf und fragte, ob er noch etwas bekommen dürfte.

»Mein Heinrich war nicht so unverschämt wie du«, entgegnete die Bäuerin schroff. Schon wieder dieser Heinrich!

Der alte Bauer schaute seine Frau durchdringend an.

»Gib ihm noch etwas.«

Ruth gehorchte stumm, und Miggi verschlang auch die zweite Portion mit großem Appetit. Nachdem der Bauer das Abschlussgebet gesprochen hatte, richtete sich Ruth ruckartig auf und verschwand wortlos mit Geschirr in der Hand, Theres im Gefolge. Als die Frauen aus dem Zimmer gegangen waren, fiel Miggis Blick auf eine gerahmte Fotografie, die auf der Fensterbank stand. Sie zeigte einen jungen Mann in Wehrmachtsuniform, der ernst in die Kamera schaute. Der Bauer war Miggis Blick gefolgt.

»Das ist Heinrich«, sagte er schwerfällig. »Unser einziger Sohn. Vor einem halben Jahr gefallen. Jetzt haben wir niemanden mehr.«

Miggi wurde es unbehaglich. Darum waren in diesem Haus alle so still und – ja, unglücklich! Der Junge empfand eine Spur von Mitleid mit der Bäuerin, obwohl sie ihn so harsch behandelte. Aber sicherlich sah sie ständig ihren Sohn vor sich.

Miggi bat um Erlaubnis aufzustehen, und der Bauer machte eine winkende Handbewegung. Nun hatte Miggi offensichtlich ein bisschen Zeit für sich, bevor er später wieder mit dem Vieh hinausfahren musste. Er ging hoch in seine Kammer, betrachtete seine Bettstatt und unterdrückte den Impuls, sich hinzulegen. Stattdessen schlug die Decke zurück und nahm das Leinentuch von der Strohmatratze.

Hätte er es bloß aufliegen lassen, dachte er, als er sah, in welchem Zustand das Stroh war. Es musste Jahre alt sein und war an manchen Stellen ganz modrig. Miggi versuchte, die Strohhalme etwas durchzuschütteln und anders zu verteilen, was anstrengend war, aber nach einigen Minuten war er zufrieden mit seinem Werk und zog das Leinentuch wieder darüber. Dann ließ er sich doch darauf fallen. Tatsächlich, die riesige Kuhle war verschwunden, das ließ ja hoffen für die nächste Nacht. Er nahm sich vor, bei nächster Gelegenheit etwas frisches Stroh zu holen, um sein Bett aufzubessern.

Bevor er es sich jetzt allerdings bequem machen konnte, wurde die Tür aufgerissen und Theres stand vor ihm.

»Da steckst du also. Wenn du nichts zu tun hast«, sagte sie spitz, »dann kannst du gerne in den Keller gehen und die Keime von den Kartoffeln abzupfen.«

Nach diesen Worten machte sie auf dem Absatz kehrt und ließ die Tür offen stehen. Miggi seufzte und stand auf. Vor der Stube schloss er zu ihr auf. Theres führte ihn aus dem Haus hinaus und öffnete eine Tür zum Kellerraum, der unterhalb der Stube lag. Sie zeigte auf mehrere Kisten am Boden, in denen Kartoffeln lagerten.

»Da kannst du dich mal durchwühlen und überall die Keime wegmachen, dass die nicht so austreiben.«

Schon war sie wieder verschwunden. Für Theres, die sonst kaum den Mund aufbekam, waren das schon richtig viele Worte gewesen.

Miggi entdeckte einen alten Melkschemel, der offensichtlich genau für die ihm aufgetragene Arbeit hier unten stand, setzte sich und begann, eine um die andere Kartoffel aus der Kiste zu nehmen und sorgfältig von Keimen zu befreien. Durch die offene Tür und ein Fenster drang Licht herein, und Miggi schaute sich neugierig um, was es sonst noch im Keller zu finden gab. Ein Krautfass stand in der Ecke. In dem Regal neben den Kartoffeln waren zahlreiche Gläser mit Eingemachtem in Reih und Glied aufgestellt. Miggi entdeckte neben Kürbis, Pilzen und Gurken auch allerlei Fruchtmarmeladen und Obstkompotte in unterschiedlichen Größen. Er hatte zwar gerade erst gegessen, aber ob der süßen Versuchung lief ihm das Wasser im Munde zusammen. Vielleicht gab es davon ja mal etwas! Denn so etwas Süßes hatte er schon lange nicht mehr zu essen bekommen.

Als Miggi mit seiner Arbeit fertig war, stand er auf und verließ den Keller. Er war standhaft geblieben, aber es war ihm durchaus schwergefallen, die verlockenden Gläser da stehen zu lassen, wo sie waren. Er hoffte nur, dass er von diesen Sachen bald etwas würde kosten dürfen.

Die restliche Zeit, bevor es wieder mit dem Vieh auf die Weide ging, nutzte Miggi dazu, den Hof und seine unmittelbare Umgebung zu erkunden. Er lief hinters Haus und zur Tenne hoch. Das Scheunentor stand offen. Miggi trat ein und stand in einem großen, hohen Raum, in dem ein Heuwagen und allerlei Gerät, das er nicht kannte, standen. Direkt links neben der Hocheinfahrt konnte man zu beiden Seiten das Heu hinabwerfen. Nun wurde Miggi klar, dass seine Schlafkammer an den Heustock anschloss. Er lief weiter hinein in die Tenne auf das andere Ende zu. Dort befand sich eine Öffnung, von der aus sich ein atemberaubender Blick auf die Umgebung bot. Miggi schaute lange hinaus und entdeckte das Weidestück vor dem Wald, wohin er nun schon zweimal mit dem Vieh gelaufen war. Es lag auf einer Anhöhe, und dahinter setzten sich die mächtigen Berge des Schwarzwaldes fort.

Später machte sich Miggi zum ersten Mal ganz alleine mit seinen Tieren auf den Weg zur Weide. Miggi fuchtelte mit seiner Geißel herum und schaffte es tatsächlich, seine Herde ohne Verluste auf die Weide zu bringen. Mittlerweile war es frühlingshaft warm geworden, die Sonne schien und die Vögel zwitscherten. Miggi ließ seine Herde nicht aus den Augen und achtete sorgsam darauf, dass kein Tier sich vom Acker machte. Er war so beschäftigt, dass ihm die Zeit nicht lang wurde, und er war überrascht, als er bemerkte, dass der Bauer das verabredete Signal, das weiße Betttuch, schon aus dem Fenster der Tenne gehängt hatte. Nachdem er die Herde zurück zum Hof getrieben hatte, half Miggi beim Tränken und Festmachen, und als er aus dem Stall heraustrat, war die Dämmerung schon angebrochen.

Wieder versammelte sich die kleine Hofgemeinschaft in der Stube, dankte dem Herrgott für das Essen und löffelte die fade Milchsuppe. Kein Wort wurde zu viel gesprochen, und nachdem der Bauer die Tafel aufgehoben hatte, verschwand Miggi in seiner Kammer und fiel in einer Mischung aus Verzweiflung und Erschöpfung in sein hartes, muffiges Bett. Heimweh zerriss ihm fast das Herz, und wieder konnte er nicht verhindern, dass seine Augen sich mit Tränen füllten, die ihn bis in den Schlaf folgten.

III.

So vergingen auch die nächsten Tage. Am Morgen nach Stallmisten und Frühstück hieß es, das Vieh auf die Weide zu treiben. Mittags ging es zurück zum Hof, es gab etwas zu essen, und die anschließende kurze Pause wusste Theres stets mit zusätzlicher Arbeit für Miggi zu füllen – so musste er in einem großen Glas die Sahne so lange mit einem Rad schlagen, bis daraus Butter wurde. Danach ging es wieder hinaus auf die Weide mit dem Vieh, zurück in den Stall, in die Stube an den Tisch zum Abendessen und dann ins Bett. Fast hatte sich Miggi an diesen Tagesablauf gewöhnt, bis es an seinem zweiten Sonntag auf dem Hof hieß, dass er fortan auch zur Schule gehen solle.

»Aber ich bin doch am Vormittag mit dem Vieh auf der Weide«, wandte Miggi ein.

»Die Schule ist mittags, wenn du wieder da bist. Danach kommst du schnell zurück und fährst am Abend noch einmal aus«, antwortete der Bauer.

»Und wo ist die Schule?«

»Unten, ganz in der Nähe des Bahnhofs.«

Miggi schauderte ein bisschen, als er daran dachte, wie beschwerlich er den Weg fand, als er ihn an der Seite seines Vaters zurückgelegt hatte. Aber es gab keine Widerrede – wie auch, Schule musste sein, daran hatte der Vater keinen Zweifel gelassen.

Am Montagmorgen gab ihm die Bäuerin ein Vesperpäckchen mit auf die Weide – denn er würde keine Zeit haben, mittags mit den anderen zu essen. Mittlerweile war es morgens schon etwas früher und abends länger hell, und so verlängerten sich auch die Arbeitszeiten des Hirtenbuben.

Bald schon hatte Miggi einen rechten Hunger und öffnete gespannt sein Essenspaket. Es enthielt zwei zusammengeklappte Brote mit Butter und Speck. Heißhungrig biss Miggi hinein und kaute ausgiebig. Mit dem Kauen bemerkte er einen seltsamen, ranzigen Geschmack. Misstrauisch nahm Miggi die Brotscheiben auseinander. Der Speck glänzte nicht wie der, den er an seinem ersten Tag erhalten hatte, sondern sah stumpf aus, und die Fettränder schimmerten gelblich. Miggi führte das Vesper an seine Nase und schnupperte. Das Fleisch roch alt. Verärgert fingerte Miggi den Speck von den Brotscheiben und warf ihn im hohen Bogen weg. Er spürte, wie Wut in ihm aufwallte. Diese blöde Kuh! Was sollte das? Das konnte doch keiner mehr essen! Auch die anderen beiden Brotscheiben enthielt den gleichen alten Speck, den Miggi weit von sich warf. Immerhin schmeckte das Brot nicht allzu trocken, und Butter war auch drauf. Aber als er sich mittags auf den Weg zurück zum Hof machte, war er alles andere als satt und zufrieden.

Auf dem Hof wurde Miggi zur Eile gemahnt. Schnell zog er sich um und die Schuhe an, ließ sich kurz erklären, wo die Schule genau zu finden war, und machte sich auf den Weg.

Er hatte Angst, sich zu verlaufen, aber der Weg führte ihn ohne Abzweigungen ins Dorf, wo die Schule leicht zu finden war. Mit Herzklopfen betrat Miggi in das ihm klein erscheinende Schulgebäude. Seine Schule in Freiburg war zehnmal so groß, und doch war sie ihm immer viel heimeliger und vertrauter erschienen. Miggi fasste sich ein Herz und sprach den nächsten Jungen an, der zur Tür hineinkam. Er hieß Anton, und sie stellten fest, dass sie gleich alt waren und beide in die fünfte Klasse gingen. Dankbar folgte Miggi ihm ins Klassenzimmer.

Der Lehrer, ein Herr Petzold, wies Miggi freundlich einen Platz in der zweiten Reihe auf der rechten Seite zu. Dann ging er auf das Lehrerpult zu, drehte sich um und hob den ausgestreckten Arm zum Gruß: »Heil Hitler!«

»Heil Hitler«, brüllten die Schüler zurück, bevor sie geräuschvoll auf ihren Bänken Platz nahmen.

»Wir begrüßen einen neuen Schüler, den Michael«, sagte Herr Petzold. »Michael, wo hütest du?«

»Auf dem Lederlehof, Herr Petzold«, antwortete Miggi. »Ich komme aber eigentlich aus Freiburg.«

»Und dann musst du bei den Alten hocken, du Armer!«, sagte ein Junge in der Reihe vor ihm. Alle um ihn herum lachten.

»Ruhe«, rief Herr Petzold bestimmt. »So etwas hat hier keinen Platz! Die fünfte Klasse fängt jetzt mit Mathematik an, die sechste schreibt einen Aufsatz.«

Im Klassenzimmer saßen ungefähr dreißig Jungen und Mädchen, die zur fünften und zur sechsten Klasse gehörten und gemeinsam unterrichtet wurden. Miggi wunderte sich, wie das gehen sollte, stellte aber schnell fest, dass Herr Petzold ein Meister darin war, beiden Schülergruppen gerecht zu werden. Während Miggi und die anderen Fünftklässler auf der rechten Klassenzimmerseite Übungsaufgaben für Mathe bekamen, erklärte der Lehrer den Sechstklässlern auf der linken, was er in dem Aufsatz von ihnen erwartete.

In der Pause versammelten sich Miggis neue Klassenkameraden um ihn.

»Bei den Lederles, wie hältst du das denn aus?«, fragte ein Mädchen mit dicken blonden Zöpfen.

»Die Alte ist doch nicht mehr normal, seit ihr Sohn tot ist«, warf ein Junge ein, »das hat meine Oma gesagt.«

»Und die Theres ist ein Biest«, wusste ein Dritter. »Kriegst du überhaupt was zu essen bei den Geizhälsen?«

Alle lachten. Miggi wurde es ungemütlich. So einen schlechten Ruf hatten seine Bauern also, dass ihm das gleich als Erstes in der Schule erzählt wurde.

»Es geht eigentlich«, erwiderte er schwach. »Bis jetzt kann ich nicht klagen.« Höchstens über ein muffiges, hartes Strohbett und alten Speck, dachte er bei sich.

Nach der Pause ging es weiter mit Heimatkunde. Herr Petzold erklärte anhand einer großen Europakarte den aktuellen Frontverlauf, sprach vom Endsieg und wie wichtig die Maßnahmen Hitlers alle waren. Miggi hörte nur halbherzig zu. Was die Judenfrage und den Krieg anging, traute er sich nicht, irgendeine Begeisterung zu entwickeln. Sein Vater und sein Großvater waren Sozialisten und Mitglieder in der SPD. Wann immer sie zusammenkamen, fingen die Männer erregt an, über die Politik Hitlers zu diskutieren. Sie hielten ihn für einen Spinner und schärften den Kindern sogleich ein, auf gar keinen Fall irgendjemandem zu erzählen, was zuhause geredet wurde. Und das wäre Miggi jetzt wirklich nicht eingefallen, nachdem er schon mitbekommen hatte, wie Juden auf dem Hof seiner Hebelschule zusammengetrieben und weggebracht wurden. Auch drei Schüler aus seiner Klasse und deren Familien waren darunter gewesen. Weitere zwei waren von einem Tag auf den anderen nicht mehr in der Schule erschienen. Die seien wohl abgehauen, hieß es ganz einfach.

Der Unterricht dauerte bis vier Uhr nachmittags. Als Herr Petzold die Klasse entließ, gingen alle Kinder schnellen Schrittes aus dem Schulhaus. Keiner hielt sich noch lang mit Späßen auf. Miggi stellte fest, dass sowohl Anton als auch ein weiterer Junge, Remus, auf zwei Höfen als Hirtenbuben arbeiteten, die auf dem Weg zum Lederlehof lagen. Remus stammte aus einer begüterten Uhrmacherfamilie, die es eigentlich nicht nötig hatte, ihre Kinder wegzugeben, aber seine Eltern waren der Meinung, dass es nicht schaden könne. Anton hütete das Vieh auf dem Hof seines Onkels. Nach etwa zwei Kilometern trennten sich ihre Wege, und Miggi lief das letzte Stück allein weiter.

Als er auf dem Lederlehof ankam, war er ganz außer Atem. Insgesamt hatte er für den Weg bergab fünfzehn Minuten gebraucht, bergauf jedoch eine Dreiviertelstunde – zu lang, wie er zu hören bekam. Ruth schalt ihn, wo er so lange gesteckt habe, und Miggi sah zu, in seine Hütehose zu schlüpfen und mit dem Vieh auf den Berg zu verschwinden. Er hatte gerade noch Zeit, Wasser aus der Pumpe zu trinken, bevor er aufgefordert wurde, jetzt endlich loszulaufen, sonst würde die Zeit zu knapp. Und so schwang Miggi seine Geißel und trieb sein Vieh an. Viel schneller als sonst liefen Tiere und Hirtenbub den Berg hinauf. Atemlos erreichte Miggi die Weide und ließ sich erschöpft auf den Boden fallen. Er schnaufte und brauchte einige Minuten, bis er sich beruhigt hatte.

Er blickte hinunter ins Tal auf den Hof und spürte ein unbekanntes Gefühl in sich aufkommen. Er hasste es hier. Er hasste den Lederlehof. Er hasste den Berg. Und er vermisste seine Familie und seine Freunde mehr, als er es je gedacht hätte. Mit voller Wucht ließ er seinen Oberkörper nach hinten fallen, lag im Gras und schaute in den bedeckten Himmel. Tränen stiegen in ihm auf, aber es gelang ihm, sie zurückzudrängen. Er hatte so Hunger, dass sein Magen laut knurrte. Heute hatte er nur dünne Milchsuppe zum Frühstück und zwei Brote mit Butter zu sich genommen. Niemand war auf die Idee gekommen, ihm etwas zu essen anzubieten oder mitzugeben, als er von der Schule zurück war.

Miggi war unfähig, sich zu rühren, und schaute nur halbherzig nach seiner Herde. Stattdessen grübelte er, wie er seiner misslichen Lage entkommen könnte. Irgendwann blickte er zum Hof hinunter und erkannte das Betttuch, das aus dem Fenster hing. Er setzte sich auf.

Miggi zählte die Tiere nach und erstarrte. Er zählte noch einmal, aber er hatte sich nicht getäuscht. Es fehlten eine Kuh und eine Ziege. Miggi sprang auf und blickte sich um, konnte die Ausreißer aber nirgends entdecken. Ihm wurde abwechselnd heiß und kalt. Er lief ein Stück in den Wald hinein und rief. Tatsächlich knackte es zu seiner Linken, und er erkannte die Umrisse der abtrünnigen Ziege.

»Komm her, du Biest, jetzt hab ich dich«, rief Miggi und fasste das unwillige Tier an seinem Halsstrick. »Ich hab jetzt echt genug, komm her!«

Mit der Geißel schlug Miggi auf das Tier ein, das erschreckt Richtung Weide lief. Nur von der Kuh war immer noch nichts zu sehen, so sehr Miggi auch schaute und rief.

Er war ratlos, was jetzt zu tun war. Dem Bauern würde er so nicht unterkommen können. Die Kuh war aber nicht zu entdecken, und die Dämmerung setzte ein. Panik stieg in dem Jungen hoch. Er rief und rief und versuchte gleichzeitig, die anderen Tiere im Auge zu behalten. Er war den Tränen nah, als plötzlich der Bauer vor ihm stand.

»Die Kuh ist weg«, stammelte Miggi. Als Antwort erhielt er mit der flachen Hand einen Schlag auf den Hinterkopf.

»Hatte ich dir nicht gesagt, du sollst nach dem Vieh schauen, und nicht faul auf dem Boden herumliegen? Mach, dass du mit den anderen Tieren runter in den Stall kommst, aber sofort!« Der Bauer war außer sich vor Wut.

»Ich hab nicht faul herumgelegen!«

»Jetzt gibst du auch noch Widerworte? Wer nicht faul herumliegt, dem läuft auch nicht das Vieh davon. Sieh zu, dass du fortkommst!«

Das ließ sich Miggi nicht zweimal sagen. Er trieb die Herde zusammen und machte sich auf den Weg nach unten. Es war schon fast dunkel, als die Kühe nach dem Tränken in den Stall liefen, wo Theres schon wartete.

»Na, hast du deine Herde nicht im Griff?«, fragte sie spöttisch.

Dieser antwortete nicht und machte sich dran, das Vieh festzubinden. Erstaunlich, wie leicht ihm das schon fiel im Vergleich zum Anfang, kam ihm dabei in den Sinn.

Bald darauf trottete die fehlende Kuh in den Stall und dahinter folgte der Bauer. Heinrich würdigte seinen Hirtenbuben keines Blickes. Miggi stand hilflos herum und wusste nicht, ob er bleiben oder gehen sollte. Er schaute zu, wie Theres eine Kuh nach der anderen melkte und der Bauer seine Arbeiten verrichtete. Als beide fertig waren und den Stall verließen, folgte er ihnen.

In der Stube stand bereits die dampfende Schüssel Suppe auf dem Tisch, und wieder bemerkte Miggi, wie ihm der Magen knurrte. Fast nichts hatte er heute gegessen und war nur herumgerannt. Gierig nahm er aus der Schüssel, da bemerkte er, dass der Bauer seinen Löffel zurück auf den Tisch legte. Sofort folgten die Bäuerin und Theres seinem Beispiel.

Der Bauer blickte Miggi ernst an: »Für Hirtenbuben, die auf ihr Vieh nicht achtgeben, ist jetzt genug gegessen.«

Miggi legte ebenfalls seinen Löffel nieder und schaute die Erwachsenen ungläubig an. Die drei nahmen ihre Löffel wieder auf und aßen ungerührt weiter, während Miggi keinen Bissen mehr abbekam.

Später im Bett plagten Miggi Bauchschmerzen vor Hunger, und vor lauter Tränen schaffte er es nicht, in den Schlaf zu finden.

IV.

Am nächsten Morgen goss es in Strömen. Theres hämmerte wie gewohnt mit der Mistgabel gegen seinen Kammerboden und Miggi erwachte aus einem wenig erholsamen Schlaf. Er hatte wild geträumt von Kühen und Ziegen, die umherrannten, und von seinen Eltern, die ihn traurig mit großen Augen anblickten. Mühevoll setzte er sich auf und zog sich an. Er öffnete die Tür und schaute verdrießlich in den Regen. Jetzt musste er auch noch im Nassen hüten!

Nach dem Frühstück ging es hinaus wie gewohnt. Missmutig trottete Miggi der Herde hinterher auf den Berg. Oben angekommen, suchte er sich einen Platz unter den Bäumen am Waldrand, an dem er halbwegs geschützt war. Es nützte jedoch nicht viel, da seine Kleidung bereits ganz feucht war. Miggi fror. Seine Füße fühlten sich an wie Eisklumpen, und er hatte das große Bedürfnis, sie warm zu bekommen.

Die Kühe grasten friedlich vor sich hin und auch die Ziegen verhielten sich mustergültig, die Schafe sowieso. Als eine Kuh den Schwanz hob und einen Fladen auf den Boden fallen ließ, ließ Miggi sich nicht länger bitten. Mit wenigen Sätzen war er hinter der Kuh und stellte seine eiskalten Füße in den frischen Fladen. Ah, welche Wohltat! Miggi seufzte. Jetzt stand er schon in Kuhmist herum, damit ihm warm wurde. Aber es half.

Nachdem der Fladen kalt geworden war, kehrte Miggi an seinen halbwegs trockenen Platz zurück. Er hatte immer noch Hunger. Zwar gab es zum Frühstück auch für ihn wieder ausreichend Suppe, aber er hatte am Tag zuvor einfach zu wenig gegessen. Er wickelte sein Vesper aus, das Ruth ihm mitgegeben hatte. Seine vage Hoffnung auf eine gute Mahlzeit wurde enttäuscht. Das Vesper ähnelte dem des Vortages – mit dem gleichen ranzigen Speck, den Miggi wieder herausfischte und hinter sich in den Wald warf. Das Brot war schnell vertilgt, und Miggi spürte immer noch Hunger. Zudem war er mittlerweile völlig durchnässt, er fror und hatte vor allem Angst, dass ihm wieder eine Kuh oder eine Ziege abhaute, also ließ er seinen Blick unentwegt von einem Tier zum nächsten wandern. Die Zeit zog sich endlos hin, und Miggi war mehr als erleichtert, als er endlich das Betttuch entdeckte. Schnell wie nie zuvor trieb er die Herde hinab zum Hof. Dort schälte er sich aus seiner nassen Kleidung, hängte sie auf dem Gestänge über dem warmen Kachelofen in der Stube auf und schlüpfte in die Sachen, die für die Schule gedacht waren. Miggi war so hungrig, dass er sich traute, Ruth um eine Kleinigkeit zu essen zu bitten, bevor er sich zur Schule aufmachte. Die Bäuerin warf ihm einen vernichtenden Blick zu.

»Mein Heinrich hätte es nie gewagt, so unverschämt zu sein«, knurrte sie und reichte ihm dennoch ein Stück trockenes Brot, das Miggi umgehend verschlang. Dann rannte er den Berg hinunter.

In der Schule angekommen, war Miggi wieder tropfnass und ausgekühlt. Fast allen seiner Klassenkameraden ging es ähnlich, und Lehrer Petzold war umsichtig genug, drei Buben zu beauftragen, Holz hereinzuholen und den Kachelofen im Klassenzimmer anzufeuern. Nach einer Weile machte sich wohlige Wärme breit, die nicht nur Miggi schläfrig werden ließ. Er hatte Mühe, die Augen offen zu halten, so schlecht und wenig hatte er geschlafen.

In der zweiten Unterrichtshälfte wollte der Lehrer die Hausaufgaben in Mathematik kontrollieren, die er am Vortag aufgegeben hatte. Miggi erschrak. An die hatte er nach der Aufregung überhaupt nicht mehr gedacht! Herr Petzold ging von Schüler zu Schüler und ließ sich die Hefte zeigen. Als er vor Miggi stand, musste dieser zugeben: »Ich habe die Hausaufgaben nicht gemacht, Herr Petzold.«

Der Lehrer schaute keinesfalls unfreundlich drein.

»Wieso nicht, Michael?«

»Ich hatte keine Zeit, ich … mir ist eine Kuh weggelaufen, und dann wurde es zu spät, um noch etwas zu machen.«

Im selben Moment, in dem Miggi das gesagt hatte, bereute er es schon wieder, denn seine Banknachbarn hatten seine Ausrede mitbekommen und fingen an zu lachen.

»Ruhe alle miteinander«, brüllte Herr Petzold streng in den Raum. »Oder ist euch so etwas noch nie passiert?«

Dann wandte er sich wieder an Miggi: »Dieses Mal lassen wir es gut sein, denn du bist neu auf dem Hof und neu in der Klasse. Ich möchte, dass du versuchst, die Aufgaben, die du jetzt verpasst hast, am Wochenende nachzuholen, verstanden?«

Miggi nickte. Dann wusste er ja schon, was er am Sonntag zu machen hatte. Aber er konnte sich nicht beschweren, denn er war noch glimpflich davongekommen. Genauso gut hätte Herr Petzold ihm mit dem Rohrstock ein paar Tatzen verpassen können.

Nach der Schule regnete es immer noch. Als Miggi auf dem Hof ankam, stellte er fest, dass seine Schuhe ganz durchgeweicht waren. Die Sohlen hatten begonnen, sich abzulösen, und dabei waren Löcher entstanden. Aber der Bauer hatte ja seinem Vater zugesagt, die Schuhe zu reparieren. Nach der Pleite gestern mit der fehlenden Kuh war es jetzt wohl kein guter Zeitpunkt, um danach zu fragen. Vielleicht würde der Bauer ja von selbst auf die Idee kommen, wenn Miggi die Schuhe nur günstig genug in sein Blickfeld rückte?

Seine Hütekleidung auf der Ofenstange war inzwischen fast ganz trocken geworden und dazu noch schön warm, so dass es angenehm war, sie anzuziehen. Miggi hatte Hunger – das war ja fast schon ein Dauergefühl! –, aber Ruth, die in der Küche im Rauch stand, machte keine Anstalten, ihm etwas anzubieten. Also machte sich Miggi auf dem Weg in den Stall. Dort traf er auf den Bauern, der ihm einen alten Kartoffelsack reichte – als Regenschutz, wie er sagte. Er stopfte die eine obere Ecke in die andere, so dass eine Zipfelkappe entstand, die Miggi auf seinen Kopf setzte. Der Rest des Sacks wirkte nun wie ein Umhang, und Miggi war dankbar, damit zumindest einen kleinen Schutz zu haben.

Das Regenwetter hielt bis zum Ende der Woche an. Praktisch den ganzen Tag war Miggi bis auf die Haut durchnässt. Dazu hatte er ständig Hunger, denn er bekam tagsüber nicht mehr als Brot mit etwas Butter zu essen, weil er unbeirrt den ranzigen Speck wegwarf. Er wusste von den Sonntagsessen, dass es auf dem Hof sehr wohl auch frischen Speck gab, aber die Bäuerin machte keinerlei Anstalten, sein Brot damit zu belegen.

Am Freitag gab es eine Überraschung. Miggi öffnete sein Vesperpaket, bereit, das alte Fleisch herauszuziehen und wegzuwerfen, als er entdeckte, dass dieses Mal das Brot mit Marmelade bestrichen war. Marmelade! Gierig verschlang Miggi das süße Stück. Schneller als erwartet war das Vergnügen verzehrt. Der Junge konnte sich nicht erinnern, wann er das letzte Mal so etwas leckeres Süßes gegessen hatte, und hoffte inständig, dass es das nun öfter geben würde.

Die Hausaufgaben während der Woche zu erledigen, erwies sich als unmöglich, und anfangs ging Miggi jeden Tag in der Erwartung zur Schule, mit dem Rohrstock Tatzen zu erhalten. Doch Herr Petzold zeigte sich erstaunlich geduldig mit seinen Schülern, und Miggi stellte schnell fest, dass er bei Weitem nicht der Einzige war, der dieses Problem mit den Hausaufgaben hatte. Herrn Petzolds Verständnis war für alle eine Erleichterung, die auf ihren Höfen so in Arbeit eingebunden waren, dass ihnen kaum Zeit zum Durchschnaufen blieb. Er war ein wunderbarer Lehrer, fand Miggi, wenn da nicht seine grenzenlose Begeisterung für Hitler, den Endsieg und die Klärung der Judenfrage gewesen wäre.

Herr Petzold war ein strammer Nazi, aber das störte die Schüler nicht sonderlich. Miggi fühlte sich schon nach kurzer Zeit durchaus wohl in der Klasse, seine Mitschüler nahmen ihn freundlich auf, und sie alle verband dasselbe Schicksal des Hütekindes. Zwar wurde Miggi nach seinem unbedachten Geständnis über die abhanden gekommene Kuh von allen geneckt, aber nach einer Weile kam heraus, dass dies eigentlich jedem schon einmal passiert war – selbst denjenigen, die auf einem Bauernhof aufgewachsen waren.

Am Samstagmorgen weckte ihn wie üblich Theres von unten mit der Mistgabel. Miggi öffnete die Augen und spürte, dass etwas anders war als sonst. Einen Moment lag er unbewegt im Bett, bis er wusste, was es war. Er schlug die Decke zurück und sprang aus seiner Bettstatt. Auf dem Bettlaken war ein großer gelber Fleck, und auch sein knielanges Nachthemd war unten komplett durchnässt. Er hatte ins Bett gemacht! Miggi spürte, wie seine Wangen vor Scham zu brennen begannen. Wie peinlich das war. So lange er denken konnte, war ihm das nicht passiert. Ratlos schaute er auf die Bescherung und wusste nicht, was er zu tun hatte.

Schließlich blieb ihm nichts anderes übrig, als Ruth Bescheid zu sagen. Völlig zerknirscht vor Scham brachte er kaum heraus, was er zu sagen hatte. Umso größer war seine Überraschung, als Ruth, statt ihm die erwarteten Vorwürfe zu machen, schweigend mit ihm zum Kleiderschrank im Flur des ersten Stockes ging und ihm ein frisches Bettlaken und ein neues Nachthemd reichte. Die nassen Sachen solle er herauslegen, sie werde sich darum kümmern.

Miggi war unendlich dankbar. Einmal Ruth für ihre unaufgeregte Hilfe und dann auch gleich dafür, dass es nicht mehr regnete, als er sich auf den Weg zur Weide machte. Der Untergrund war jedoch von dem Dauerregen der letzten Tage komplett durchweicht, so dass sich seine Füße schon sehr bald wieder wie Eisklumpen anfühlten. Miggi verbrachte auf der Weide viel Zeit damit, in frischen Kuhfladen herumzustehen, und als er zurück auf dem Hof war, fasste er den Plan, sich Socken anzuziehen und auf der Ofenbank seine Hausaufgaben zu erledigen.

Schulfreie Tage, das war schnell klar, hatten außerdem den Vorteil, dass Miggi das Mittagessen mitbekam, und zum ersten Mal nach fast einer Woche hatte er das Gefühl, satt zu sein.

Mit der Ofenbank und den Hausaufgaben wurde es aber leider nichts, denn Theres hatte andere Pläne und schickte ihn wieder einmal in den Keller, um von den alten Kartoffeln die Keime abzuzupfen. Also saß Miggi im Keller auf dem Schemel statt in der Stube am Kachelofen und tat die eintönige Arbeit. Dabei blieb sein Blick erneut an dem Regal hängen. Da standen die Marmeladen und Kompotte in Reih und Glied. Miggi zählte siebenundzwanzig Gläser in unterschiedlichsten Größen. Mit süßem gelben, blauen und roten Inhalt.

Miggis Neugier siegte. Er stand auf und inspizierte das Regal genauer. Dann spitzte er die Ohren und blickte um sich. Die Luft schien rein.

Himbeere mochte er am liebsten, und genau so ein Glas hatte er entdeckt. Es stand in der hintersten Reihe und war eher klein. Miggi nahm es in die Hand und ließ den Verschluss aufschnappen. Dann hielt er seine Nase vor die Öffnung und sog den wunderbaren Himbeergeruch ein. Roch das gut! Für einem Moment schloss Miggi die Augen und gab sich ganz seiner Wahrnehmung hin. Dann schloss er das Glas wieder, stellte es an seinen Platz zurück und widmete sich wieder den Kartoffeln. Eine Weile war er so beschäftigt. Dann stand er auf, blickte auf seine dreckigen Hände und versuchte, sie an seiner Hose sauber zu wischen. Er konnte nicht anders. Eine höhere Macht zog ihn zurück ans Regal. Er nahm dasselbe Glas Himbeermarmelade heraus und öffnete es erneut. Diesmal steckte er seinen Zeigefinger hinein und versuchte, so viel Marmelade wie möglich herauszuschaufeln. Dann steckte er den Finger in den Mund und schleckte ihn genüsslich ab. Ah, war das köstlich! Miggi fürchtete fast, die Besinnung zu verlieren angesichts des außergewöhnlichen Geschmacks. Jetzt war der Mittelfinger dran – denn von zuhause wusste Miggi, dass man nie mit einem benutzten Löffel in Marmelade gehen durfte, weil diese dann flüssig wurde. Und dann der Ringfinger. Nach vier weiteren Fingern konnte Miggi sich wieder beherrschen, verschloss das Glas und stellte es zurück ins Regal. Gerade noch rechtzeitig, denn schon rief ihn Theres, um ihm die nächste Arbeit aufzutragen.

Am Sonntag hatte Miggi tatsächlich während der Mittagszeit ein paar freie Stunden, die er dazu nutzte, um seine Hausaufgaben nachzuholen. Über die Woche hatte sich einiges angesammelt, so dass er die ganze freie Zeit für die Erledigung der Aufgabe benötigte.

Am Montag wachte Miggi auf und spürte erneut, dass das Stroh unter ihm nass war. Sofort stieg ihm die Hitze in den Kopf und er hüpfte aus dem Bett und besah die Bescherung. Er öffnete die Tür zum Trippel und sah dankbar, dass es ein sonniger Tag zu werden schien. Miggi nahm das Laken vom Stroh und zog sein Nachthemd aus und hängte beides über die Brüstung zum Trocknen. Irgendwie hatte er das Gefühl, dass er nicht schon wieder um ein neues Laken bitten konnte – und auch nicht wollte, da es ihm so peinlich war. Bei genauerer Betrachtung des Strohs sah Miggi auch, dass es schon faulig geworden war durch die Nässe, und er nahm sich vor, sich heute etwas Heu und frisches Stroh zu holen, um seine Bettstatt auszubessern.

Der Tag ging wie gewohnt mit viel Arbeit los und Miggi konnte erst im Klassenzimmer das erste Mal so richtig durchschnaufen. Heute stand Geografie auf dem Programm und sie sprachen über die Länder Asiens. Da hatte er Glück, denn diesen Teil hatte er schon in seiner Schule in Freiburg gelernt, und so konnte er ein interessiertes Gesicht machen und gleichzeitig seinen Kopf etwas abschalten.

In der Pause sammelten sich die Buben im Kreis und quasselten miteinander. Miggi hatte mittlerweile mitgekriegt, dass alle Mitschüler und Mitschülerinnen von ihren Eltern getrennt auf Höfen untergebracht waren und es mehr oder weniger gut getroffen hatten. Remus fand seine Bauersleute in Ordnung, gab aber zu, dass er seine Familie sehr vermisste. Anton war bei seinem Onkel natürlich Teil der Familie und fühlte sich wohl, zumal seine Mutter und seine Geschwister nicht weit weg wohnten und er sie regelmäßig sah. Sein Vater war schon 1939 als Soldat eingezogen worden und war nur noch selten auf Heimaturlaub zuhause.

Anton musste nicht im Stall helfen und hatte darüber hinaus mit seinem älteren Bruder noch einen weiteren Hirtenbuben an seiner Seite. Miggi spürte bei solchen Schilderungen ein Gefühl der Einsamkeit in ihm aufsteigen. Er vermisste seine Eltern und seine Geschwister und litt vor allem unter der Stille, die auf dem Lederlehof mit den Alten herrschte. In dem gleichaltrigen Jungen Reinhard fand er so etwas wie einen Leidensgenossen. Er kam genau wie Miggi aus Freiburg und war auch auf einem Hof gelandet, auf dem es keine weiteren Kinder außer ihm gab. Auch seine Bäuerin zeigte wenig Liebreiz und kommandierte ihn viel herum. Reinhard war ein schüchterner Junge von geringem Wuchs, er sagte wenig und stand in der Gruppe immer nur wie unbeteiligt dabei. Dazu war seine Kleidung ungepflegt, weil sich niemand auf dem Hof um seine Wäsche kümmerte – das war bei Miggi immerhin der Fall. Man sah deshalb deutlich, dass auch Reinhard seine Blase nicht immer unter Kontrolle hatte, und damit wurde er zur Zielscheibe des Spotts. Fast alle Jungen machten sich über Reinhard lustig. Miggi tat er leid und so gesellte er sich oft zu ihm. Sie sprachen über Freiburg, die Stadt mit ihren Bächle und der Dreisam, und fanden so gegenseitig Trost in ihrem Heimweh nach Hause.

Nach der Schule ging Miggi wie immer eiligen Schrittes zurück zum Lederlehof, zog sich um und fuhr aus auf die Weide. Ruth hatte sich verzogen, er konnte sie nirgendwo entdecken, genauso wenig wie Theres, und so schaffte er es nicht, den Frauen irgendeine Art von Essen abzuschwätzen. Hungrig ging es also hinaus. Immerhin schien die Sonne und Miggi genoss ihre Strahlen und war froh, nach der langen Regenwoche wenigstens nicht mehr die ganze Zeit frieren zu müssen. Mittlerweile fühlte er sich mit der Herde gut vertraut und hatte sich allmählich die Rolle eines Anführers erarbeitet, zumindest dachte er das. Denn im Gegensatz zur Anfangszeit hatte er seine Tiere viel besser im Griff und musste ihnen nicht ständig hinterherlaufen. Ein schneidiges Schnalzen mit Geißel half schon, um bei Kuh und Ziege Eindruck zu erwecken. Und so konnte er es sich erlauben, ein bisschen herumzusitzen und vor sich hin zu träumen. Da es abends nun schon deutlich länger hell war, verlängerte sich auch seine Hütezeit; das Tuch wurde nun erst gegen halb acht Uhr ausgehängt. Bis alles auf dem Hof erledigt und die Essenszeit gekommen war, ging es schon gegen halb neun.

Da versammelten sie sich in der Stube und aßen ihre Suppe. Heute hatte Miggi wieder besonders großen Hunger, denn seit den Broten am Vormittag hatte er nichts mehr gegessen. Gierig löffelte er.

»Ich habe dir gesagt, du sollst auf der Weide nicht einfach tatenlos rumsitzen«, eröffnete nun unvermittelt der Bauer das Gespräch. »Einmal sind dir die Viecher schon abgehauen, also erwarte ich, dass du aufpasst.«

»Ich passe doch auf«, antwortete Miggi irritiert.

Ruth ließ nicht lange auf sich warten: »Mein Heinrich hätte so was nie getan.«

»Ja ja, Frau, ist gut«, grummelte der Bauer. »Ich sag dir, Miggi, wenn du nicht besser aufpasst und nur herumträumst, dann bekommst du Ärger.«

Miggi wurde feuerrot im Gesicht und senkte seinen Kopf. Wie konnte der Bauer denn wissen, was genau er machte? So genau konnte er das vom Hof doch gar nicht erkennen! Wie auch immer, Miggi nahm sich vor, wieder mehr herumzulaufen und besser aufzupassen, um den Zorn des Bauern nicht noch mehr auf sich zu ziehen.

Als Miggi später zu Bett ging, fiel ihm erst wieder auf, dass er das Laken und Nachthemd hatte draußen über der Brüstung hängen lassen. Beides war durch den Abend schon wieder feucht geworden. Seufzend trat Miggi in seine muffige Kammer. Ein vorsichtiger Griff ins Bett bestätigte ihm, dass es weiterhin nass und modrig war. Er hatte vergessen, sich um frisches Stroh zu kümmern. Was blieb also übrig, als das feuchte Laken erneut über das nasse Stroh zu legen? Als Miggi sind in sein Bett legte, fühlte er sich unwohl und brauchte wieder einmal lange, bis er Schlaf fand.

In den nächsten Tagen strahlte die Sonne vom Himmel und machte den Aufenthalt auf der Weide angenehmer. Die Bäume hatten sich ein saftiges grünes Blätterkleid angelegt, und überall roch es nach dem frühen Sommer. Nach der Ermahnung des Bauern gab sich Miggi

alle Mühe, etwas häufiger seine Runden zu drehen und beschäftigt zu wirken. Er fragte sich immer wieder, woher der Bauer so genau wissen konnte, was er tat. Eines Tages schien er darauf eine Antwort zu bekommen. Miggi schaute hinab auf den Lederlehof in der Hoffnung, bald das Tuch zu erspähen, da sah er etwas am Fenster der Tenne aufblitzen. Erst dachte er, er hätte sich getäuscht, aber da war es noch einmal. Auf irgendetwas traf der Sonnenstrahl und brachte es zum Blitzen.
Am Abend stahl sich Miggi etwas früher aus dem Stall. Er hatte sowieso vor, sich frisches Stroh für sein Bett von der Tenne zu holen, und ging hinauf. Er lief vor bis zum Fenster und schaute sich genau um. Am Berghang lag im Dämmerlicht seine Weide. Und links unterhalb des Fensters lag ein Fernglas.

V.

Mittlerweile war es Juni geworden und Miggi hatte seine Familie schon zwei Monate nicht gesehen. Sein Tag verlief in immer gleichen Bahnen: früh aufstehen, in den Stall gehen, dann auf die Weide, in die Schule, auf die Weide, in den Stall und ins Bett. Am Wochenende verbrachte er seine einzige freie Zeit damit, seine Hausaufgaben nachzuholen. Zu essen bekam er immer noch nicht genug, und auch das Heimweh ließ Miggi nicht los. Daher machte sein Herz einen großen Hüpfer, als die Bäuerin ihm einen Brief zuschob. Post von zuhause!

Unser lieber Miggi,
nun haben wir uns schon so lange nicht mehr gesehen. Wir vermissen dich hier sehr, aber wir sind sehr stolz auf dich, dass du deine Arbeit gut machst und für dich selbst sorgen kannst. Uns geht es gut, aber wir sehen schweren Zeiten entgegen. Es ist sehr schwer, genügend zu essen zu bekommen, und Lebensmittel gibt es nur auf Karten zugeteilt. Daher sind wir sehr froh, dich auf dem Lederlehof so gut versorgt zu wissen. Hannelore ist ordentlich gewachsen und Irmi hilft viel im Haushalt. Klaus geht es auch gut und er fragt oft nach dir.
Wir freuen uns, dich bald wiederzusehen, und grüßen dich herzlichst. Deine Mama, Papa und Geschwister.

Das Lesen des Briefes hatte sich Miggi bis auf die Weide aufgehoben, um ungestört zu sein. Nun liefen ihm die Tränen die Wangen herab, und er konnte sich kaum beruhigen. Wie gerne wollte er nach Hause! Gleichzeitig war er schon klug genug, aus den Zeilen herauszulesen, wie froh sie waren, ihn versorgt zu wissen – sie wussten ja nicht, wie wenig er auf dem Lederlehof tatsächlich zu essen bekam. Sonst hätte es vielleicht anders ausgesehen.

Miggi hatte es sich mittlerweile zur Gewohnheit gemacht, regelmäßig am Samstag oder Sonntag in den Keller zu schleichen und aus dem Marmeladenglas zu naschen. Es war inzwischen schon zur Hälfte leer. Miggi war einerseits bewusst, dass sein Verhalten Unrecht war, andererseits waren es der schiere Hunger und der Verdacht, dass die alte Ruth ihm absichtlich Essen vorenthielt, die ihn immer wieder an die süße Quelle trieben. Er konnte einfach nicht anders.

Es war die Zeit der Heuernte. Das Heu musste unbedingt ganz trocken in die Tenne gebracht werden, damit es sich nicht selbst entzündete und den ganzen Hof in Flammen setzte. Drei Männer aus dem Tal, die Mähder, kamen an den Hof und blieben über zwei Wochen. Sie schliefen im Stroh auf der Tenne. Auch von Miggi wurde Mithilfe erwartet. Es war üblich, dass die Kinder auf dem Hof bei der Heuernte eingebunden waren, dafür gab es sogar schulfrei.

Der Lederlehof war ein kleines Gehöft mit wenig Fläche, gleichwohl sorgte die Heuernte bei den wenigen Bewohnern für viel Arbeit. Es war ein Glück, dass das Wetter hielt und kein Wolkenbruch die Arbeit zunichtemachte.

Für Miggi bedeutete die Heuernte noch mehr Arbeit als sonst. Am Vormittag wurde er wie gewohnt mit den Kühen auf die Weide geschickt. Etwas früher fuhr er wieder ein, nahm mit den anderen ein schnelles Mittagessen ein, bevor alle direkt wieder zum Heuen gingen. Die zwei Mähder und der Bauer sensten, Theres und Ruth rechten die Scharen zusammen. Miggis Aufgabe war es, den Ochsen, der vor den Heuwagen gespannt war, ruhigzuhalten. Dafür hatte er einen Strohwedel in der einen Hand, mit der anderen hielt er das Halfter fest im Griff, wenngleich ihm klar war, dass er gegen das Tier nichts ausrichten konnte, wenn es denn durchgehen sollte. Damit dies nicht geschah, sorgte Miggi mit seinem Strohwedel fleißig dafür, dass die Fliegen und Bremsen den Ochsen nicht allzu sehr piesackten. Wenn der Wagen fast schon übervoll erschien, durfte Miggi den Ochsen zur Tenne führen, wo er dann mit Theres gemeinsam das Heu ablud. Miggi war sehr stolz, dass es ihm gelang, den Ochsen so gut zu führen. Für seine Bauersleute schien das ganz normal zu sein, denn keiner verlor darüber ein Wort, aber das kannte er ja schon.

Das Heu musste platzsparend untergebracht werden, und das hieß für Miggi, dass er es fest an die Wand klopfen musste. Zwei Tage später hatte sich der Heustapel entlang der Wand gesenkt, und man musste nachklopfen. Diese Arbeit empfand Miggi als den anstrengendsten Teil der ganzen Heuernte, und er war fast schon froh, wenn er wieder am Nachmittag mit seinem Vieh auf die Weide ausfuhr.

Die Heuernte war dennoch eine willkommene, wenn auch harte Abwechslung, denn die Männer aus dem Tal brachten ein wenig Leben ins Haus, und die Bauersleute waren selbst so beschäftigt, dass sie fast keine Zeit zum Schimpfen und Klagen fanden. Miggi war richtig traurig, als alles Heu eingebracht war und die Mähder wieder verschwanden. Nun begann wieder sein Alltag aus Hüten, Schule, Hüten.

Die Tage waren heiß, und die Luft flimmerte. Auf der Weide oben angekommen, suchte Miggi schon bald den Waldrand auf, um der gleißenden Sonne zu entgehen. Auch die Tiere gingen gerne in den Schatten. Neben der Hitze waren sie zusätzlich von den Fliegen und Bremsen geplagt. Pausenlos zitterten die Körper der Kühe, um die lästigen Viecher loszuwerden, und der Schwanz wedelte unablässig hin und her. Die Nervosität, die in der Herde entstand, ließ Miggi die ihm anvertrauten Tiere aufmerksam beobachten. Zwar hatte er keine große Angst mehr vor ihnen, aber wie sie so unruhig umherliefen, stampften und mit den Schwänzen schlugen, war ihm dennoch nicht geheuer.

Es war Sonntag, und heute war es besonders schlimm. Denn weil keine Schule war, ließ der Bauer Miggi länger als sonst am Vormittag auf der Weide. Es war schon gegen zwölf, die Sonne stand hoch am Himmel und brannte unablässig. Kein Signaltuch prangte aus dem Tennenfenster, um Miggi und seine Herde von den Insekten und der Hitze auf der Weide zu entlassen. Mit einem Mal hob eine Kuh den Schwanz steil nach oben und begann, den Hang hinunter zu galoppieren. Wie auf ein Zeichen rasten alle anderen Kühe hinterher. Selbst die Ziegen ließen sich anstecken und machten sich ebenfalls mit hohem Tempo auf den Weg. Miggi blieb nichts anderes übrig, als seiner Herde schnellsten Schrittes zu folgen. Doch wie er auch rannte, er schaffte es nicht, die Tiere einzuholen. Als er auf dem Lederlehof ankam, drängten die Kühe schon in den Stall.

Der Bauer stand wortlos an der Stalltüre und ließ die Herde passieren, dann herrschte er Miggi missbilligend an: »Du sollst nicht faul herumliegen, du sollst deine Herde zusammenhalten. Was bist du nur für ein Hirtenbub, nicht mal das Einfachste kriegst du hin?«

Miggi wollte gerade zu seiner Verteidigung ansetzen, denn mitnichten hatte er seine Zeit mit faulem Herumliegen verbracht, aber er sah ein, dass jedes Widerwort sinnlos war. Stattdessen drehte er sich wortlos um und ging zum Brunnen, um seinen Durst zu stillen.

Miggi hatte großen Hunger, denn sonntags bekam er gar kein Vesper mit auf die Weide, nicht mal vom schlechtesten Speck. Entsprechend knurrte ihm der Magen, als die Hofgemeinschaft in der Stube zum Essen zusammenkam. Ruth hatte heute Fleisch gekocht, es duftete herrlich, und in freudiger Erwartung streckte Miggi nach dem Tischgebet den Teller aus, als er an der Reihe war. Ruth ließ einen kleinen Klecks darauf fallen. Miggi schaute ungläubig auf seinen spärlichen Teller. Er hatte nicht halb so viel bekommen wie die anderen! Der Bauer bekam stets am meisten, aber auch jetzt hatten die beiden Frauen sicher die doppelte Portion vor sich.

Schweigend verzehrte er seine kleine Ration und blickte dann erwartungsvoll zu Ruth hinüber.

»Bekomme ich noch ein klein wenig, bitte?«

»Meinem Heinrich«, setzte Ruth an, »ist es nie passiert, dass ihm das Vieh durch ist. Er hat sich sein Essen verdient. Du hast dir hier nichts verdient.«

Ihr scharfer Ton schnitt wie ein Messer. Miggi blickte Theres an, die unbeteiligt ihr Essen kaute, und dann den

Bauern, der ihn mit stechenden Augen musterte und dann sprach.

»Du musst noch lernen, ein rechter Hirtenbub zu sein. Und das muss dann halt wehtun. Nur wer gut arbeitet, hat auch das Recht auf gutes Essen.«

Damit war klar, dass Miggi auf keine weitere Portion hoffen durfte. Hungrig schaute er den drei anderen beim Essen zu und wie der Nachschlag auf ihren Tellern landete.

Äußerlich blieb er ruhig, doch in ihm brodelte ein Vulkan. Er war fassungslos! Was hatte er denn verbrochen? Was kann er schon tun, wenn die Kühe der Hafer stach?

Nach dem Abschlussgebet hatte er es eilig, den Raum zu verlassen, aber Ruth drückte ihm das Geschirr in die Hand und befahl ihm abzuwaschen. Also stand Miggi wenig später in der dunklen Rauchküche und spülte Teller um Teller. Er war so wütend, dass er richtig aufpassen musste, um nicht aus Versehen noch etwas zu zerschlagen. Ruth verschonte ihn Gott sei Dank mit weiteren Sprüchen, aber es war ihm, als könne er ihre stumme Verachtung am ganzen Körper spüren.

Der Bauer machte sich nach dem Mittagessen zum Nachbarhof auf. Vermutlich würde er dort in einer Männerrunde ein paar Schnäpse trinken und später leicht betrunken zurückkommen. Ruth schickte Miggi noch nach neuem Holz und entließ ihn danach großzügig.

Miggi sah zu, dass er nach draußen kam. Eine Weile lief er ziellos ums Haus herum, hungrig, frustriert, unglücklich und vom Heimweh geplagt. Wie sehr er seine Mutter vermisste, die so unendlich viel Liebreiz besaß, vor allem im Vergleich mit der bitteren Ruth! Eine Weile lang steigerte sich Miggi in sein Elend regelrecht hinein, bis er merkte, dass ihn das nicht weiterbrachte. Stattdessen sann er auf Genugtuung und auch danach, seinen Hunger zu stillen. Also beschloss er, sich in den Keller zu schleichen und von der Marmelade zu naschen.

Er schaute sich um. Der Bauer weit weg und von Ruth und Theres auch nichts zu sehen und zu hören. Vielleicht hielten sie eine kurze Mittagsruhe, bei der Hitze konnte man eh nichts tun. Miggi öffnete die Kellertür und ging zielstrebig auf das Regal mit den Gläsern zu. Er schob einige Gläser beiseite und wunderte sich. Hatte er sich etwa vertan? »Sein« Glas stand viel weiter links, als er es in Erinnerung hatte. Nun, dann hatte er sich eben geirrt. Gierig öffnete er den Deckel und ließ den rechten Zeigefinger hineingleiten. Ah, das tat gut nach diesem erbärmlichen Mittagessen! Miggi konnte mit dem Schlecken kaum aufhören. Das Glas war eigentlich schon so gut wie leer. Wahrscheinlich war es klüger, es draußen irgendwo verschwinden zu lassen, als es so geleert zurück ins Regal zu stellen. Also stopfte Miggi es in seine linke Hosentasche. Als er sich umdrehte, um den Keller zu verlassen, erschrak er.

In der Tür stand Ruth mit einem Kochlöffel in der Hand. Ihre Augen funkelten vor Hass und Zorn.

»Du widerlicher Bub, du. Ein Dieb bist du! Ein Dieb!«

Sie hob den Arm mit dem Kochlöffel und hieb mit voller Wucht auf Miggi ein. Dieser hob zum Schutz seine Arme vor sein Gesicht. Die Schläge prasselten auf seine Arme nieder, auf den Kopf, den Rücken und – nachdem es ihm gelungen war, sich an Ruth vorbeizudrücken – auf seinen Hintern … Die alte Bäuerin spie Gift und Galle, hieß ihn einen Dieb und Nichtsnutz, während Miggi nur noch versuchte, ihren Schlägen und ihrem Geschrei zu entkommen. Er eilte ums Haus herum, ließ Theres stehen, die ebenfalls einen Nichtsnutz und Räuber schalt, und hastete die Treppe hinauf in seine Kammer. Dort raffte er seine wenigen Sachen zusammen, stopfte sie in seinen Rucksack, quetschte seine rauen, geschundenen Füße in seine Schuhe, nahm den Rucksack und stürmte wieder hinaus. Ohne sich noch einmal umzuschauen, rannte er vom Lederlehof davon, begleitet vom Gekeife der beiden Frauen, die ihm alles Schlechte hinterherwünschten. Tränenüberströmt hastete Miggi ins Tal hinunter. Er wollte weg, nur weg von diesen alten Leuten, weg von dem Hass, der Trauer und der Trostlosigkeit, die auf diesem Hof herrschten. Weg, weg, weg.

Noch nie hatte Miggi den Weg zum Dorf hinunter so schnell zurückgelegt. Er rannte direkt zum Bahnhof, denn er wollte nur noch heim. Der Zug nach Freiburg stand schon abfahrbereit am Bahnsteig. Was für ein Glück! Miggi wollte gerade einsteigen, als ihm plötzlich ein Schaffner in den Weg trat.

»Wo willst du denn hin, so ganz allein?«

»Nach Freiburg.«

»Und wo ist deine Fahrkarte?«

Miggi erschrak. Er hatte nicht einen Pfennig Geld dabei. Ehrlich gab er Auskunft.

Der Schaffner bedauerte: »Dann können wir dich leider nicht mitnehmen. Du kannst hier nicht rein.«

Miggi schaute den Schaffner flehend an, aber dieser blieb unerbittlich.

»Es tut mir leid. Ich kann da nichts machen. Bitte geh wieder runter von der Stufe.«

Miggi tat, wie ihm geheißen, dann verließen ihn seine Kräfte, und er sank zu Boden. Zusammengekauert und weinend hockte er nun auf dem Bahnsteig und musste zusehen, wie der Zug ohne ihn den Bahnhof wieder verließ. Kein Mensch nahm Notiz von ihm.

Nachdem Miggi eine Weile lang wie gelähmt dagesessen hatte, löste sich seine Anspannung etwas, sein Atem beruhigte sich, und er begann nachzudenken. In seiner Panik war er einfach weggerannt. Eine Rückkehr war somit ausgeschlossen. Die ganzen Wochen, die harte Arbeit auf dem Hof waren also umsonst gewesen. Nicht einmal genug zu essen hatte er bekommen, geschweige denn, dass der Bauer seine Schuhe repariert hätte. Doch er konnte und wollte nicht zurück dorthin, niemals! Aber was würden seine Eltern sagen, wenn er einfach so in der Tür stehen würde? Dabei vermissten sie ihn ja auch, hatten sie geschrieben! Ach was, sie würden ihn schon verstehen, wenn er ihnen alles erklärte. Er wollte auf jeden Fall zurück nach Hause. Worauf also warten?

Geld für den Zug hatte er keines. Dann eben zu Fuß laufen. Es war ja auch egal, wann er ankommen würde. Niemand würde ihn heute erwarten, auf dem Lederlehof ganz sicher nicht und zuhause auch nicht, weil sie gar nicht wissen konnten, was passiert war. Miggi erhob sich und blickte Richtung Westen. Er hatte keine Ahnung, wie weit der Weg nach Freiburg war und wie lange er zu Fuß dafür brauchen würde, aber es gab ja keine andere Möglichkeit.

Miggi lief los. Schnell fand er die Dreisam, an deren Lauf er sich leicht orientieren konnte. Immer nur den Fluss entlang Richtung Westen, dann würde er von ganz alleine im Stühlinger ankommen, das wusste er. Sich zu verlaufen, war also eigentlich unmöglich. Dieser Gedanke beruhigte Miggi.

Es war allerdings unerträglich heiß, sicher weit über dreißig Grad, und wer nicht musste, bewegte sich nicht mehr als nötig. Miggis Weg führte größtenteils durch die pralle Sonne, Schatten gab es kaum. Schon nach kurzer Zeit klebte Miggi die Zunge am Gaumen. Wasser aus dem Fluss zu trinken war nicht ratsam, das wusste Miggi. In Littenweiler, nach etwa einer Stunde Fußmarsch, war sein Durst unerträglich geworden. Er hielt es nicht mehr aus, kehrte der Dreisam den Rücken und wandte sich in Richtung Ortsmitte, denn dort gab es bestimmt einen Brunnen. Miggis Hoffnung wurde nicht enttäuscht: In der Mitte eines kleinen Platzes plätscherte tatsächlich das kühle Nass. Gierig trank er.

Nachdem er seinen Durst gestillt hatte, ließ sich Miggi auf einer Bank direkt neben dem Brunnen nieder. Der kleine Dorfplatz war menschenleer, kein Wunder bei der Hitze.

Seine Füße brannten. Miggi war es einfach nicht mehr gewohnt, in Schuhen zu laufen. Er zerrte sie mühsam von seinen geschwollenen Füßen und steckte sie in seinen Rucksack. Dann begann er, seine Füße mit Brunnenwasser abzukühlen. Das tat gut! Miggi blickte an sich hinab. Seine Füße waren rot und geschwollen, die Sohlen mit dicker Hornhaut überzogen und mit zahllosen, mehr oder weniger gut verheilten Rissen übersät. Die Nägel waren eingerissen und mit einem schwarzen Dreckrand unterlegt. Miggi seufzte, nahm noch einen Schluck Wasser und setzte seinen Weg auf bloßen Füßen fort.

Wieder folgte er dem Lauf der Dreisam. Sein Marsch führte über ebenes Gelände und wäre gar nicht so schlimm gewesen, wenn es nicht so unerträglich heiß gewesen wäre. So wurde jeder Meter zur Qual. Ohne Schuhe lief es sich aber tatsächlich besser, und Miggi versuchte, zügig voranzukommen, denn er wollte endlich wieder bei seinen Eltern und seinen Geschwistern in der Klarastraße sein. Sein Herz tat einen Sprung, als er von Ferne die Mauer des Schlossberges und die Schwabentorbrücke erblickte. Nun war es nicht mehr weit.

Die Glocken der benachbarten Herz-Jesu-Kirche schlugen acht Uhr, als Miggi schließlich sein Elternhaus erreichte, die Haustür aufdrückte und Treppe um Treppe nach oben rannte. An der Wohnungstür angelangt, läutete der Junge ungeduldig Sturm.

Er hörte schon seine Geschwister poltern und rufen, dann öffnete seine Schwester Irmi, die ganz große Augen bekam: »Miggi! Mama, Miggi ist wieder da!«

Seine Mutter, mit der kleinen Hannelore auf dem Arm und Klaus am Rockzipfel hängend, erschien an der Tür.

»Miggi, wie kommst du denn hierher?«

Miggi warf sich an ihre Brust, umklammerte sie fest mit beiden Armen und ließ seinen Tränen, die er so lange zurückgehalten hatte, freien Lauf.

»Miggi, was ist denn passiert? Wieso bist du nicht im Schwarzwald auf dem Lederlehof?«

Miggi musste so schwer schluchzen, dass ihm das Sprechen nicht gelingen mochte.

»Waren sie etwa nicht gut zu dir?«

Miggi weinte nur noch lauter, was der Mutter als Antwort genügte, zumal sie die blauen Flecken an den Armen des Jungen schon entdeckt hatte.

Sanft zog sie Miggi an der Hand in die Küche und drückte ihn auf einen Stuhl.

»Du hast sicher Hunger, gell, Miggi?«

Der Junge nickte unter Tränen. Die Mutter schnitt eine Scheibe von einem nicht mehr sehr großen Brot ab und reichte sie ihm.

»Du musst sie leider trocken essen, Butter haben wir keine mehr.«

Es war nur eine Scheibe Brot, aber Miggi hatte so großen Hunger, dass sie ihm wie ein Festmahl erschien. Kaum hatte er sie in Windeseile verschlungen, reichte ihm die Mutter eine weitere Scheibe. Und dann noch eine, bis das Brot ganz verputzt war.

»Jetzt haben wir morgen nichts mehr zu essen«, lächelte sie, aber es klang sehr traurig.

Miggi blickte erschrocken auf. »Das tut mir leid, Mama. Ich hatte so Hunger.«

»Ja, haben sie dich denn nicht gut versorgt auf dem Hof?«

Miggi schüttelte den Kopf.

»Nein, überhaupt nicht. Heute habe ich fast noch nichts gegessen.« Er stockte. »Mama, es war ganz schlimm da, ich möchte da nie wieder hin!«

»Beruhige dich, Miggi, das musst du ja auch nicht.«

In diesem Moment hörte man Geräusche an der Wohnungstür. Der Vater kam nach Hause.

»Papa, der Miggi ist wieder da«, krakeelte Klaus im Flur.

Der Vater erschien in der Küchentür.

»Miggi, was hast du gemacht? Wieso bist du nicht auf dem Hof?«

Sofort schossen Miggi erneut die Tränen in die Augen. Alle schienen zu glauben, dass er etwas falsch gemacht oder sich schlecht benommen hätte. Es war aber doch genau umgekehrt! Hätte er genug zu essen bekommen, hätte er ganz sicher nicht von der Marmelade naschen müssen. Und hatte nicht Ruth ihn von Kopf bis Fuß übel verprügelt? Hatten sie ihm nicht sein Essen vorenthalten, obwohl er hart gearbeitet hatte?

Es war schwer, seinen Eltern das alles zu erklären. Miggis ganzer Körper schmerzte, und in der Dachgeschosswohnung war es schweißtreibend heiß. Er zog sein schweißnasses Hemd über den Kopf und saß schließlich mit nacktem Oberkörper auf seinem Stuhl. Sein Rücken und seine Arme waren mit blauen Flecken von Ruths Prügelattacke übersät.

»Du liebe Güte, Miggi, wie ist denn das passiert?«

Nun waren die Eltern fassungslos. Die Mutter beeilte sich, einen nassen Waschlappen zu holen, um die Blessuren ihres Sohnes ein wenig zu kühlen.

Stockend berichtete Miggi. Von seiner Arbeit, vom alten Bauern, der Bäuerin, von Theres, die alle fast nicht sprachen und denen sich der Gram über den toten Sohn oder das Leben überhaupt in die Seele gefressen hatte. Von den Bestrafungen, wenn er nicht so gearbeitet hatte, wie sie es sich vorstellten. Von der Stallarbeit noch vor dem Frühstück. Von dem ranzigen Speck auf dem Vesperbrot, dem wenigen Essen, das ihm noch vorenthalten wurde, wenn er nicht recht gearbeitet hatte. Ja, auch die Geschichte mit der Marmelade ließ Miggi nicht aus, wenngleich es ihm nicht leichtfiel, seinen Eltern zu beichten, dass er sich unrechtmäßig an der Marmelade vergriffen hatte. Er war erleichtert, als er in ihren Gesichtern lesen konnte, dass sie auf seiner Seite waren. Sie empörten sich über die Bauern und waren froh, dass Miggi wieder da war. Die Mutter fand noch ein paar Kartoffeln, die sie nur für Miggi kochte, damit er heute noch etwas zu essen bekam. Es war ein schlichtes Essen, aber Miggi war dankbar für jeden Bissen und einfach nur froh, wieder bei seiner Familie zu sein. Die Uhr der Herz-Jesu-Kirche schlug schon halb elf, als Miggi in sein Bett kroch. Zum Schlafen war es immer noch zu heiß, aber Miggi genoss das Gefühl, auf einer richtigen Matratze zu liegen, unter oder bei der Hitze eher neben einer Decke, die diesen Namen verdiente, und er erfreute sich an den Geräuschen, die von seinen Geschwistern ausgingen. Lautes Schnaufen, Umdrehen im Bett – wie sehr hatte er all dies vermisst!

Glücklich schlief Miggi ein. Als er am nächsten Morgen gewohnt früh erwachte, stellte er erleichtert fest, dass das Bett unter ihm zum ersten Mal seit Wochen trocken war.

VI.

Miggis Schule lag direkt neben der Herz-Jesu-Kirche, nur fünf Minuten vom Elternhaus entfernt. Wie großartig, nicht in den Stall und auf die Weide, sondern in die Schule zu gehen! Noch vor ein paar Monaten hätte Miggi über diese Vorstellung gelacht. Nun freute er sich richtig auf einen ganz normalen Schultag.

Beim Frühstück stellte er fest, dass die Portionen während seiner Abwesenheit geschrumpft waren. Es gab nur einen Klecks Haferbrei, und der Mutter war das Bedauern anzusehen, ihrem großen Sohn nicht mehr anbieten zu können.

Auf dem kurzen Weg zur Schule fing Miggi seinen Freund Christian und dessen Bruder Lothar ab. Natürlich gab es ein großes Hallo, genauso wie auf dem Schulhof, wo er schnell von seinen alten Freunden umringt war.

In der Klasse selbst gab es eine Neuerung. Ihr alter Klassenlehrer war einige Wochen zuvor, so erzählte Christian, als Soldat eingezogen worden. Als Ersatz kam nun Fräulein Schulz in die Klasse. Sie war jung und blond und zierlich, aber in ihrer schmalen Statur sollte man sich nicht täuschen, so Christian. Die neue Lehrerin begrüßte die Klasse mit einem zackigen »Heil Hitler«, das alle genauso zurückgaben. Fräulein Schulz entdeckte Miggi sofort: »Und wer bist du?«

Miggi stellte sich als Mitglied der Klasse vor. »Ich war als Hirtenbub im Schwarzwald, Frau Lehrerin.«

»Wieso bist du dann hier, die Hütezeit ist doch noch gar nicht zu Ende?«

»Es gefiel mir nicht, Frau Lehrerin.«

Fräulein Schulz horchte auf.

»Seit wann kann man sich denn aussuchen, was einem gefällt? Es ist eine Ehre, für den Bauernstand eine Unterstützung zu sein, und eine große Aufgabe. Es ist ja sehr enttäuschend, dass du das nicht geschafft hast, Michael«, tadelte sie ihn vor der ganzen Klasse.

Miggi wurde rot. »Es ging einfach nicht«, verteidigte er sich schwach.

Fräulein Schulz, die offensichtlich aus dem Schwarzwald stammte, wusste es dennoch besser und hielt der Klasse im Allgemeinen und Miggi im Besonderen einen Vortrag über Pflichtbewusstsein, der gar nicht mehr enden wollte.

Das Ergebnis war, dass Miggi sich in der Pause allerhand Hänseleien anhören musste, was seiner Freude an der Rückkehr zur Schule gleich wieder einen Dämpfer verpasste.

Als er mittags nach Hause kam, hatte die Mutter schon gekocht. Es gab für jeden ein paar kleine Kartoffeln mit einem Stich Butter. Da dämmerte es Miggi, auch wenn niemand etwas sagte, dass es für die Familie gerade gar nicht so einfach war, über die Runden zu kommen, und dass mit ihm jetzt wieder ein Esser mehr am Tisch saß.

Aber abgesehen davon war Miggi glücklich, wieder in der Klarastraße zu sein. Die Tage waren nach wie vor sehr heiß, in der Wohnung war es kaum auszuhalten, und am liebsten verbrachte er die Zeit mit seinen Freunden aus der Nachbarschaft. Gleichzeitig versuchte er, aufmerksam zu sein und seine Mutter überall dort, wo er konnte, zu entlasten. Mit Irmi sammelte er entlang der Dreisam Beeren, die das Frühstück schmackhafter machten. Mit Klaus und Hannelore spielte er, damit seine Mutter den Haushalt versorgen konnte.

Gleichzeitig fiel Miggi auf, dass er im Kreise seiner Freunde einer der wenigen war, deren Väter nicht zum Wehrdienst eingezogen worden waren. Sein Vater arbeitete auf der anderen Seite der Bahnlinie in einer Eisengießerei. Was genau er dort machte, wusste Miggi nicht, aber seine Arbeit wurde wohl als kriegswichtig angesehen. Dafür war Miggi sehr dankbar, denn gerade bei Christian und Lothar bekam er mit, wie schwer es die Angehörigen der Soldaten hatten. Sie hatten nun schon seit Wochen nichts mehr von ihrem Vater gehört. Zunächst war er in Frankreich gewesen, von wo aus er auch einmal auf Heimaturlaub kam, aber zuletzt lautete sein Marschbefehl Russland, und das hatte die Mutter von Christian und Lothar in große Aufregung versetzt.

In der Schule lief es nicht so günstig für Miggi, denn während seiner Hütezeit hatte er das Lernen arg vernachlässigt. Ihm selbst hatte es an Kraft gefehlt, neben der ganzen Arbeit noch seine Hausaufgaben zu erledigen, den Alten vom Lederlehof war es egal gewesen, und der gütige Herr Petzold hatte großes Verständnis für die Belastung der Hütekinder aufgebracht. Entsprechend lag Miggi mit dem Schulstoff nun zurück und musste zusehen, dass er den Anschluss nicht ganz verlor. Fräulein Schulz kannte keine Gnade mit ihm.

Als die Lehrerin eines Morgens die Klasse wie üblich mit ausgestrecktem Arm und »Heil Hitler!«-Ruf begrüßte, war Miggis Reaktion vielleicht etwas lustlos ausgefallen. Sein Vater regte sich zuhause regelmäßig über den sogenannten »Deutschen Gruß« auf, so dass Miggi diesem Ritual sowieso wenig Begeisterung entgegenbrachte. Doch heute war das wohl aufgefallen.

»Michael, möchtest du unseren Führer nicht angemessen würdigen?«, fragte Fräulein Schulz von oben herab.

Miggi wusste nicht, was er darauf antworten sollte.

»Wir wollen einmal üben, wie du richtig zu grüßen hast, Michael.« Fräulein Schulz lächelte honigsüß. »Komm bitte nach vorne.«

Mit gesenktem Kopf trat Miggi in Erwartung einiger Tatzen ans Lehrerpult. Doch Fräulein Schulz hatte anderes vor.

»Du kannst dich jetzt für den Rest der Stunde dort in die Ecke stellen und den Arm zum Hitlergruß hochhalten. Danach weißt du sicher, wie es geht.«

Nie war Miggi einer Schulstunde länger vorgekommen als diese. Sein Arm zitterte schon nach zehn Minuten so stark, dass er es kaum noch schaffte, ihn auszustrecken. Schließlich musste er den rechten Arm mit der Linken abstützen. Er war unendlich erleichtert, als endlich die Schulglocke zur Pause läutete.

Als Miggi etwa vier Wochen wieder in Freiburg war, bat ihn seine Mutter eines Nachmittags, ihr Irmi und Klaus abzunehmen. Sie müsse dringend ein paar Besorgungen erledigen, und das gehe ohne die Kinder schneller. Die kleine Hannelore ließ sie bei Frau Beierle, Christians und Lothars Mutter.

Die beiden Buben taten sich mit Miggi und seinen Geschwistern zusammen, und gemeinsam beschlossen sie, zum Spielplatz an der Kreuzstraße zu gehen. Der hatte schönes Spielgerät und dazu eine Wasserpumpe. Damit konnte man herrlich Bäche und Wehre bauen, und das war an diesem Sommertag genau das Richtige. Entsprechend viele Kinder tummelten sich bereits auf dem Platz, und natürlich kannten Miggi und seine Truppe fast alle von ihnen.

Miggi, Klaus, Christian und Lothar beschäftigten sich mit weiteren Buben aus der Nachbarschaft fortan die ganze Zeit mit dem Bau von Wehren, während Irmi ihre Freundinnen auf dem Spielplatz traf, mit ihnen schaukelte oder Familie spielte. Nach etwa einer Stunde stand Irmi heulend vor Miggi. Sie hatte sich beim Sturz von der Schaukel verletzt und blutete an Knien und Händen. Sie ließ sich kaum beruhigen und wollte unbedingt zurück nach Hause. Miggi schaute etwas enttäuscht auf die Baustelle, die er zurücklassen sollte.

»Also gut, komm, Klaus, dann gehen wir jetzt. Vielleicht ist die Mama ja schon wieder da.«

»Wartet«, rief Christian, »wir kommen auch mit. Es sieht ja eh so aus, als würde es bald regnen.«

Tatsächlich hatte sich der Himmel zugezogen, und auf dem Heimweg war den Kindern, als könnten sie das Donnern schon hören. Sie hielten an, um gen Osten zu schauen, von wo das Geräusch kam, während Irmi immer noch heulend an ihrem großen Bruder zupfte, damit es endlich weiter nach Hause ging. Nur einen Moment später wurde den Kindern klar, dass es sich bei dem Geräusch nicht um Donner handelte, sondern um Flugzeuge, die urplötzlich am Horizont auftauchten und immer näher kamen. Außerdem ließen sie etwas fallen.

»Das sind Jagdbomber«, rief Christian. »Fliegerangriff! Nichts wie weg hier!«

Die Kinder rannten los. Es hörte sich an, als wären die Flugzeuge genau über ihnen. Ein lauter Knall,

Splittern, Zischen und Geschrei. Überall Einschläge, so schien es. Noch schneller rannten die fünf, selbst der kleine Klaus nahm die Beine in die Hand und Irmi vergaß ihre Wunden. Schließlich erreichten sie ihr Haus in der Klarastraße und klingelten wie wild. Miggis Mutter war noch nicht wieder da, aber Frau Beierle mit der kleinen Hannelore kam ihnen schon auf der Treppe entgegen.

»Gott sei Dank, ihr seid da. Schnell, alle in den Keller!«

Sie hasteten die Treppe hinunter. Auch die drei Nachbarinnen, die als einzige gerade im Haus waren, kamen dazu.

Unten japsten alle Kinder nach Luft. So schnell waren sie noch nie in ihrem Leben gerannt! Frau Beierle und die Nachbarinnen debattierten, woher denn so aus dem Nichts die Flugzeuge aufgetaucht seien. Hannelore weinte und wollte zu Irmi, die selbst aber noch völlig verstört war und sich nun auch wieder ihrer Verletzungen erinnerte und selbst wieder zu heulen begann.

Miggi nahm seine kleinste Schwester auf den Arm und versuchte sie zu beruhigen. Er wiegte sie und schnitt ein paar Grimassen, bis wieder ein Lachen auf Hannelores Gesicht erschien.

Sie wussten nicht, wie viel Zeit vergangen war, als sie sich wieder nach oben trauten. Vorher hatten sie die Ohren gespitzt und waren zu dem Schluss gekommen, dass keine weiteren Bomben mehr fielen. Vorsichtig, in ängstlicher Erwartung dessen, was kommen könnte, öffneten die Frauen die Tür, die Kinder dicht dahinter.

Die Klarastraße sah aus wie immer. Fast friedlich lag sie vor ihnen. Alle Bewohner traten erleichtert auf die Straße. Im Hintergrund waren Feuerwehrsirenen und Geschrei zu hören. Als sie ihren Blick nach links wandten, sahen sie hinter den Häusern Rauch aufsteigen.

»Das sieht ja so aus, als wär das genau beim Spielplatz«, meinte Christian.

Miggi drehte sich zu ihm um. »Bist du sicher? Dann war das aber knapp! Komm, wir schauen mal.«

Irmi fing zu jammern an: »Ich will nicht dahin, und ich will nicht, dass du gehst.«

»Nur ganz kurz, ich bin gleich wieder da«, versuchte Miggi seine Schwester zu beruhigen.

Frau Beierle hielt neben Hannelore auf dem Arm nun auch Klaus an der Hand.

»Ihr zwei geht kurz schauen, aber kommt gleich zurück, ja? Ich warte hier mit Irmi und den beiden Kleinen.«

Miggi und Christian sprinteten los. Sie waren noch nicht weit gekommen, als ihnen die ersten Menschen entgegenkamen. Sie erkannten ihren Mitschüler Franz, der sie völlig entgeistert ansah.

»Nicht weitergehen, oh Gott, nicht weitergehen! Da ist der Tod!«

Jetzt war trotz allen Schreckens ihre Neugierde natürlich erst recht geweckt. Bis zum Spielplatz waren es nur noch etwa fünfzig Meter. Das Eckhaus an der Kreuzstraße war nur noch ein Trümmerhaufen. Es roch verbrannt, Flammen schlugen hoch, und um sie herum schrien und heulten die Menschen. Je näher sie kamen, desto genauer konnten sie die Kinder erkennen, die leblos auf dem Spielplatz lagen. Gerade hatten sie dort noch zusammen gespielt! Miggi erkannte den kleinen Werner, der in Irmis Klasse ging. Sein lebloser Körper lag neben dem, was zuvor noch ihr Stauwerk gewesen war, und hatte keine Beine mehr.

Ein kalter Schauer durchfuhr Miggi. Nichts wie weg hier! Der Franz hatte recht gehabt. Miggi zerrte an Christians Arm, der wie versteinert auf die Szenerie blickte.

»Komm, Christian, wir müssen hier weg!«

Wieder rannten die beiden Jungen zurück nach Hause. Als sie dort ankamen, stand Frau Beierle mit allen Kindern noch an derselben Stelle. Gerade war auch Miggis Mutter eingetroffen und redete aufgeregt mit Frau Beierle.

»Miggi!« Seine Mutter drückte ihren Größten ganz fest an sich. »Bin ich froh, dass euch nichts passiert ist! Was für ein Glück im Unglück!«

An diesem Abend gab es frische Karotten und Bohnen und für jeden ein kleines Stück Wurst, die die Mutter auf ihrem Hamstergang im Hexental erstanden hatte.

Der Fliegerangriff war in den nächsten Tagen das alles beherrschende Thema sowohl bei den Kindern als auch bei den Erwachsenen. Zwanzig Kinder waren auf dem Spielplatz ums Leben gekommen, und gut die Hälfte davon kannte Miggi zumindest vom Sehen und mit Namen. Aus Irmis Klasse war nicht nur Werner unter den Opfern, sondern auch ihre Freundin Elsa. Irmi war deshalb tagelang nicht ansprechbar und fing bei jeder Gelegenheit an zu weinen.

Die Erwachsenen diskutierten, von welcher Seite der Angriff gekommen war. Waren es französische oder englische Flieger gewesen? Miggis Eltern sprachen stundenlang mit seinem Onkel darüber, aber keiner wollte sich festlegen. Der Vater meinte gar, es handele sich um eine Verschwörung, und in Wirklichkeit seien es die Deutschen gewesen, die alles dem Gegner in die Schuhe schieben wollten. Für diese kühne Äußerung bekam er nur Spott zu hören, aber Miggi wusste es wie sein Vater besser. Denn gemeinsam waren sie am Abend nach dem Bombenangriff durch den Stühlinger gelaufen und hatten sich die Einschlagstellen genau angesehen. Dabei hatten sie Metallreste gefunden, und auf einem stand »Krupp, Essen«.

»Jetzt schau mal einer an«, hatte der Vater gesagt, »die machen nicht mal vor ihren eigenen Leuten Halt.«

Bewiesen war das alles jedoch nicht, und so nahmen die meisten Freiburger an, von den Franzosen angegriffen worden zu sein, was ihrem Sicherheitsgefühl beträchtlichen Schaden versetzte.

Der Bombenangriff und die schlechte Versorgungslage in der Stadt sorgten dafür, dass Miggis Leben eine erneute Wende nehmen sollte. Genau eine Woche nach dem Angriff eröffneten ihm seine Eltern, dass er wieder als Hirtenbub würde arbeiten gehen müssen.

Miggi riss entsetzt die Augen auf.

»Nein, das könnt ihr nicht machen! Ich geh da nie wieder hin!«

»Beruhige dich, Miggi«, sagte der Vater. »Niemand hat davon gesprochen, dass du wieder auf den Lederlehof gehen musst. Aber du siehst ja, wie es hier ist. Wir haben ganz schöne Schwierigkeiten, für sechs Leute genug Essen auf den Tisch zu bekommen. Und keiner fühlt sich hier mehr sicher. Das siehst du doch. Ich habe mit einem Arbeitskollegen gesprochen, der aus dem Schwarzwald kommt. Und der konnte mir einen Hof nennen, an dem du es sicher besser haben wirst als auf dem alten. Er liegt etwas weiter oben, aber es ist ein großer Hof. Dort hat man immer Hirtenbuben und behandelt sie gut.«

Miggi brach in Tränen aus.

»Ich will nicht. Muss ich wirklich?«

»Ich fürchte ja, mein Großer.« Der Vater sah bekümmert aus. »Es sind wirklich schwierige Zeiten für uns alle.

Und du bist unser Ältester, und wir wissen, dass wir uns auf dich verlassen können.«

Miggi schaute verzweifelt von einem zum anderen. Während der Vater dem Blick seines Sohnes hilflos auswich, gab sich die Mutter diesmal keine Mühe, ihre Tränen zu verbergen.

VII.

Wieder ging es den Berg hinauf, wieder war es der Vater, der Miggi begleitete. Sie fuhren wieder mit der Bahn ins Höllental, passierten Kirchzarten, wo Miggis Herz fast stehen blieb, aber dieses Mal ging es weiter bis nach Hinterzarten. Dort angekommen, hatten sie das Glück, dass gerade der Postbus am Bahnhof stand und sie mitnahm. An einer einsamen Straßenkreuzung stiegen sie aus und liefen noch etwa eine Viertelstunde stramm bergauf durch ein Waldstück, bis vor ihnen ein mächtiger Schwarzwaldhof auftauchte. Miggi staunte. Dieser Hof hatte wenig Ähnlichkeit mit dem Lederlehof. Er war sicher dreimal so groß, sein tief heruntergezogenes Dach wirkte ungeheuer wuchtig und die Umgebung, in der er lag, noch urtümlicher und verlassener als an der alten Hütestelle.

Sie näherten sich dem Nonnenfeldhof, und noch bevor sie ganz angekommen waren, öffnete sich eine Tür an der Seite des mächtigen Gebäudes und ein junges Mädchen in Arbeitstracht empfing sie mit strahlendem Lächeln.

»Hallo, das ist aber schön, dass ihr da seid! Habt ihr es gut hierher gefunden?«, rief sie ihnen fröhlich entgegen.

Als sie die Türschwelle erreichten, gab sie zuerst dem Vater und dann Miggi die Hand.

»Willkommen. Ihr seid bestimmt durstig nach der langen Anfahrt. Ich bin Mina, also eigentlich Wilhelmine, aber das ist ja viel zu lang. Kommt rein, meine Eltern sind auch gleich da.«

Mit so einem Empfang hatte Miggi nicht gerechnet. Ihm wurde ein bisschen leichter ums Herz. Mina mit ihrem strahlenden Gesicht nahm ihn vollkommen ein.

Das Mädchen führte die beiden in die Stube, die sicher dreimal so groß war wie auf dem Lederlehof und dank dem großen, über Eck verlaufenden Fensterband auch viel heller. Unterhalb der Fenster lief über die gleiche Länge eine Sitzbank. An einem endlos langen Tisch nahmen sie Platz. Mina verschwand kurz und kehrte mit einer Wasserkaraffe und Gläsern zurück.

»Ganz frisch vom Brunnen, das ist am besten«, sagte sie, als sie die Gläser füllte, die Miggi und der Vater gerne annahmen.

Kurz darauf erschien die Bäuerin mit einem Brett, auf dem Brot und Speck lagen, in der Stube. Sie stellte sich als Anna vor und wirkte genauso freundlich wie ihre Tochter, aber Miggi nahm dies kaum wahr, denn er hatte – genau wie der Vater – nur Augen für das Essen.

Großzügig wurde abgeschnitten und ausgeteilt, und Miggi begann sich wohlzufühlen.

Nun kam auch der Bauer. Er hieß Wilhelm und er hinkte. Miggis neugierigen Blick verfolgend, sagte er freundlich: »Ja, das Bein, das ist nicht mehr da. Im Krieg gelassen. Also damals. Aber Holz tut's auch.«

Er lachte und klopfte auf sein rechtes Bein.

Dann wurde es sachlich. Der Bauer sicherte dem Vater zu, einen Lohn von zehn Mark im Monat zu zahlen, dazu den Schulbesuch zu ermöglichen und Miggi pfleglich zu behandeln. Vereinbart wurde eine Arbeitszeit bis Ende Oktober, dann sehe man weiter. Er müsse sich keine Sorgen machen, meinte Wilhelm mit Blick auf Miggi, und es war nicht klar, ob er dies dem Jungen oder dessen Vater versichern wollte. Dann erhob sich der Vater, schüttelte die Hand des Bauern und drückte seinen Sohn an sich.

»Alles ist gut, Miggi, hier wird es dir nicht schlecht ergehen. Wir sehen uns bald.«

Miggi fiel auch dieser Abschied von seinem Vater schwer, aber im Gegensatz zum ersten Mal fühlte er sich nicht mehr ganz so allein auf sich gestellt. Zum einen hatte er zumindest schon mal eine genauere Vorstellung davon, welche Arbeit ihn tatsächlich erwartete, zum anderen war der Empfang hier auf dem Hof das genaue Gegenteil zu seiner ersten Erfahrung.

Mina zeigte ihm, kaum dass der Vater weg war, gleich seine Kammer. Sie war etwas größer als jene auf dem Lederlehof, wenn auch nicht viel heller und ohne Elektrizität, und sie lag wieder über dem Stall, so dass man nachts die Tiere hören konnte. Zwei Betten standen darin. Miggi sah erleichtert, dass beide frisch bezogen waren, offensichtlich mit richtigen Decken, nicht mit Stroh.

»Eigentlich schläft hier noch der andere Hirtenbub, aber gerade haben wir gar keinen – also, dich haben wir jetzt, aber bis heute war sonst keiner da – und jetzt hilft erst mal noch mein Bruder Markus beim Hüten, aber der hat eigentlich schon genug auf dem Hof zu tun. Der ist ja auch schon sechzehn. Und irgendwann kommt dann wohl wieder jemand, was weiß ich.«

Mina redete fast, ohne Luft zu holen. Dabei strahlte sie über das ganze Gesicht. Miggi war schwer beeindruckt von ihr.

Mina führte ihn über den ganzen Hof. Nach der Schlafkammer ging es hinauf in die Tenne, in der es nach frischem Heu duftete. Miggi staunte, als er die Ausmaße des Raumes sah. Es gab sogar noch einen Zwischenboden, die Hurt. Fast wie ein Theater, dachte er, als er beeindruckt nach oben schaute. Da entdeckte er etwas Dunkles, das hoch oben an einem Strick unter dem Dach hing. Miggi versuchte zu erkennen, was es sein könnte, da war Mina seinem Blick schon gefolgt und klärte ihn auf.

»Das ist unser Ochsenkopf. Der hängt da schon seit über zweihundert Jahren. Seit das Haus steht.«

Miggi schaute ungläubig vom Ochsenkopf zu ihr und zurück.

»Das ist unser Glücksbringer«, erklärte Mina. »Fast alle Bauernhöfe haben einen. Er wacht über uns und schützt vor Blitzschlag und Unglücksfällen.« Sie lächelte Miggi an. »Und bis jetzt hat das auch gestimmt!«

Über die Einfahrt am Hang verließen sie das Haus zur Bergseite hin. Beim Hühnerstall wusste Mina fast von jedem einzelnen Federvieh eine Geschichte zu erzählen. Weiter ging es in den Stall, der leer war, weil Markus und ein Knecht, Gerion, ja gerade auf der Weide waren, aber die würden schon gleich kommen. Und Dorothea war auch dabei, das war die kleine Schwester, die war erst acht. Sie waren bei den fünf Schweinen angelangt, die sich genüsslich hinter dem Stall im Dreck suhlten.

Mina stellte Miggi den Hofhund Karle vor, ein gutmütiger, alter Mischling, der gemütlich vor seiner Hütte neben dem Stalleingang lag und Minas Ankunft mit einem Schwanzwedeln quittierte, sich aber keine Mühe gab, eigens aufzustehen.

»Und das hier«, Mina zeigte auf ein kleines Nebengebäude mit einem Kreuz auf dem Dach, dessen Zweck unschwer zu erkennen war, »ist unsere Kapelle. Wir haben eine eigene Glocke. Da weißt du dann immer, wann es Zeit ist, einzufahren, wenn du auf der Weide bist. Wenn geläutet wird, dann ist es Zeit einzufahren. Und so müssen wir auch nicht jeden Sonntag alle in die Kirche gehen, wir haben ja selber eine«, fügte sie pragmatisch hinzu.

Zu guter Letzt traten sie wieder in den Wohnteil ein, wo Mina ihn in die Küche führte. Es war eine große, schwarze Küche, in der das Feuer auf dem Herd unentwegt brannte und die Luft schwanger von Rauch war.

»Das ist unser Reich, da habt ihr Männer ja eigentlich nichts verloren«, lachte Mina.

»Ach, ein bisschen Butter rumpeln kann er schon, der Bub«, meinte ihre Mutter, die gerade Karotten schnitt, augenzwinkernd. Miggi betrachtete das frische Gemüse hoffnungsvoll – vielleicht gab es ja später etwas davon.

Wieder draußen wurde Miggi vom Bauern Wilhelm erwartet, der eine Geißel in der Hand hielt.

»Da, die ist für dich«, sagte er und reichte Miggi die Peitsche. »Nur den Zwick, den musst du dir selber holen. Da kannst du jetzt noch rüberlaufen zum Schuster-Toni, das ist der übernächste Hof, der hat sicher noch etwas übrig, wenn du sagst, dass ich dich schicke.«

Mit diesen Worten griff er in seine Hosentasche und förderte ein paar Münzen zutage, die er Miggi reichte, damit dieser seinen Zwick kaufen könne.

Mit einem gewissen Gefühl von Stolz nahm Miggi seine eigene Geißel und das Geld entgegen. Dann ließ er sich den Weg erklären und lief gleich los. Den ersten, direkten Nachbarhof, den Schindelmaierhof, sah er schon nach wenigen Metern; um zum zweiten zu gelangen, musste er noch weitere zehn Minuten gehen. Das Hofgebäude des Schuster-Toni war ähnlich beeindruckend wie das des Nonnenfeldhofes. Vom Schuster-Toni erhielt Miggi den Zwick, ein Stück aufgesplissenes Leder, das man mit einer längeren Lederschnur an die Peitsche befestigte, damit diese schön schnalzte. Miggi dankte und lief zurück.

Als er am Nonnenfeldhof ankam, kamen gerade Markus und Gerion mit dem Vieh vom Ausfahren zurück. Auch die kleine Dorothea war mit von der Partie. Sie war zwar erst acht Jahre und damit genauso alt wie seine Schwester Irmi, lief aber mit beeindruckender Sicherheit barfuß zwischen den großen Tieren umher. Sie hatte keine Angst, das sah man sofort.

Die Herde war um einiges größer als auf dem Lederlehof, Miggi zählte allein fünfzehn Milchkühe, dazu fünf Stück Jungvieh. Kein Wunder, dass sie zu zweit oder gar zu dritt unterwegs waren!

Miggi stellte sich vor und wurde freundlich aufgenommen. Er ging in seine Kammer, um die Arbeitshose aus seinem Bündel zu holen. So konnte er gleich im Stall mithelfen. Als er dort eintraf, waren schon alle da. Das Melken übernahm neben der Bäuerin Mina, auch Dorothea half mit.

Nach der Stallarbeit ging es in die Stube, wo sich alle zum Essen am Tisch versammelten: die Bauersleute, Markus, Gerion, Mina, Dorothea und Miggi. Miggi nahm neben Markus auf der Bank am Fenster Platz, während die Bäuerin und die Mädchen gegenüber saßen. Der Platz des Bauern war natürlich am Kopf des Tisches, direkt neben ihm saß sein Knecht Gerion.

Nach dem Tischgebet schöpfte Anna allen großzügig Suppe aus einem großen Topf auf die Teller. Dazu reichte sie Brot. Miggi war überwältigt. Schon jetzt hatte er das Gefühl, sich hier heimischer zu fühlen, als es auf dem Lederlehof überhaupt je möglich gewesen wäre. Und so war es nicht ganz so schwer, am Abend wieder in ein Bett in einer Kammer über dem Stall zu schlüpfen, allein und ohne die Geschwister und Eltern in der Nähe. Die Unterlage bestand wie schon auf dem Lederlehof aus Stroh, aber es war frisch aufgeschüttet und somit weder durchgelegen noch feucht oder muffig. Kissen und Decke waren sogar aus Daunen! Miggi legte sich in sein Bett, ruckelte mit seinem Hintern den frischen Helmensack hin und her, bis er es angenehm fand, und schlief augenblicklich ein.

VIII.

Am nächsten Morgen wurde Miggi vom Tageslicht, das durch die halb geöffnete Luke schien, und den ungewohnten Geräuschen von unten geweckt. Was, schon so spät? Hastig zog sich der Junge an und lief hinunter. Alle waren schon im Stall, aber niemand sagte etwas, dass er zu spät war. Miggi half Markus und Gerion beim Ausmisten, während Anna und Mina molken und der Bauer sich um seine zwei Pferde kümmerte. Die zwei Schwarzwälder Füchse waren sein ganzer Stolz, und er persönlich striegelte und fütterte sie.

Miggi kannte zwar die Abläufe in dem für ihn neuen Stall noch nicht, aber niemand schalt ihn, wenn er etwas nicht ganz richtig machte, und er merkte auch, dass er nicht mehr der Anfänger wie noch zu Beginn des Frühjahrs war.

Beim Frühstück – einer Milchsuppe mit etwas Butter und frischen Beeren – legte der Bauer fest, dass Miggi gemeinsam mit Markus ausfahren sollte, während Gerion auf dem Hof blieb und dort Wilhelm unterstützte.

Markus und Miggi holten die Kühe und fünf Ziegen aus dem Stall und machten sich auf den Weg. Miggi war stolz auf seine neue Geißel mit dem eigens erstandenen Zwick, und er machte so reichlich von ihr Gebrauch, dass Markus ihn zur Räson rief. Miggi trug außerdem eine kleine Umhängetasche über der Schulter, in der sich, wie er glaubte, ein richtig großes Vesper befand. Das Päckle, das die Bäuerin ihm und Markus zugesteckt hatte, sah jedenfalls sehr vielversprechend aus.

Die Weide, die sie ansteuerten, lag ein ganzes Stück weg vom Hof. Dieser war längst nicht mehr zu sehen, als sie nach einem steilen Aufstieg ihr Ziel erreichten. Sie waren fast auf der Kuppe des Berges angelangt. Miggi staunte. Vor ihm lag eine überwältigende Schwarzwaldlandschaft wie aus dem Bilderbuch, er konnte fast bis nach Freiburg sehen. Die Weide lag offen in der Sonne, nur wenige Bäume boten Schutz und Schatten. Ein leichter Wind wehte, was bei den immer noch sommerlich hohen Temperaturen sehr angenehm war. Zwar war es um diese frühe Uhrzeit noch nicht allzu warm, aber es versprach ein richtiger Sommertag zu werden.

Markus und Miggi nahmen etwas erhöht auf einem großen flachen Stein Platz. Von hier hatten sie einen guten Blick auf ihre Herde. Markus stellte ihm jede einzelne Kuh mit Namen vor und erläuterte ihre Vorzüge und Schwächen. So war Linda besonders zutraulich, während man Gerda eher nicht zu sehr ärgern sollte, da sie doch schnell übellaunig reagieren konnte. Miggi konnte sich gar nicht alle Namen und Charaktereigenschaften auf einmal merken, sie hatten hier ja schließlich über zwanzig Tiere zu beaufsichtigen. Die Ziegen waren auch hier eher von bockigem Charakter und machten sich regelmäßig selbstständig, so dass einer der Jungen immer wieder vom Aussichtsplatz aufspringen musste, um sie bei der Herde zu halten. Insgesamt fühlte sich Miggi schon am ersten Tag recht sicher. Er war zwar noch ein Anfänger auf der Weide, aber kein blutiger mehr!

Markus war ein Bauernsohn wie aus dem Bilderbuch. Er kannte jedes Tier ganz genau und ließ ihnen gegenüber keinen Zweifel aufkommen, wer hier das Sagen hatte. Insgesamt war er aber ein zurückhaltender junger Bursche, der keine großen Worte machte, und damit genau das Gegenteil seiner lebhaften Schwester. Miggi fühlte sich in seiner Gegenwart wohl und lernte schon am ersten Tag den einen oder anderen Trick beim Umgang mit den Tieren, den er noch nicht kannte.

Dann öffneten sie ihr Vesperpaket. Zwei dicke Scheiben Brot lagen darin und dazwischen eine ordentliche Scheibe Speck! Miggi jubelte innerlich und biss zu.

Irgendwann hörte man die Glocke vom Hof läuten.

»Elf Uhr«, sagte Markus, »komm, wir fahren ein.«

Zurück ging es zum Hof, wo ihnen Karle, der Hofhund, freudig entgegenlief. Die Kühe verschwanden schnurstracks in den Stall, froh, der Mittagshitze entronnen zu sein, und Miggi und Markus löschten ihren Durst am Brunnen.

Zur Schule gehen musste Miggi erst einmal nicht, denn es waren Sommerferien. Bis zum letzten Schultag war er in Freiburg geblieben und hatte ein eher durchwachsenes Zeugnis nach Hause gebracht. Der Vater hatte noch einmal beim Bauern klargemacht, dass er den Schulbesuch und regelmäßiges Lernen für unabdingbar hielt, und Wilhelm hatte zugestimmt und zugesichert, Miggi ab Mitte September in die Hirtenschule im Dorf zu schicken.

Nach dem Mittagessen half Miggi, den Brennholzvorrat in der Küche aufzufüllen. Danach gab es tatsächlich eine Verschnaufpause, bevor Markus und Miggi sich wieder aufmachten, mit dem Vieh auf die Weide auszufahren.

Anna hatte noch eine besondere Aufgabe für Miggi vorgesehen, für die er nun ganz allein verantwortlich war. Gleich nach der Stallarbeit am Morgen und Abend sollte er die Glocke zum Gebet läuten, erklärte sie ihm, nachdem sie am Abend wieder auf den Hof zurückgekehrt waren. Er könne heute Abend gleich damit anfangen.

»Zwei Vaterunser, so lange musst du läuten. Hast du das verstanden?«

Miggi nickte und fühlte sich stolz und geehrt, dass er für das Läuten zuständig war. Am Abend ging er in die kleine Kapelle, deren Innenraum mit gerade einmal drei kleinen Reihen von Holzbänken ausgestattet war. Auf jede Bank passten vielleicht vier Personen. Vorne befand sich ein kleiner Altar mit Kreuz und Marienfigur, daneben stand ein frischer Blumenstrauß.

Gleich links neben dem Altar hing ein Seil, das mit der Glocke verbunden war. Miggi griff zu und fing beherzt an, das Seil so zu bewegen, dass die Glocke ertönte. Wie schön, durchfuhr es ihn. Es war jedoch zunächst nicht ganz einfach, einen richtigen Schwung hinzubekommen. Brav folgte er Annas Anweisung, betete zweimal das Vaterunser und verließ dann beschwingt die kleine Kapelle. Das würde sicherlich eine seiner Lieblingsaufgaben werden.

Am nächsten Morgen hingen dicke Wolken in den Bergen. Trotzdem war es warm, und Markus vermutete, dass im Lauf des Tages ein Gewitter aufziehen würde. Die Tiere waren nervös, denn Bremsen und Fliegen flogen zuhauf durch die Luft und gingen die Kühe an, die mit zitterndem Fell dastanden und wild mit dem Schwanz schlugen.

»Wir müssen zusehen, dass wir uns einen Unterstand bauen, bevor der Regen kommt«, meinte Markus. »Wenn es gewittert, darfst du nie zu tief in den Wald hineingehen. Du musst immer am Rand bleiben. Und dein Unterstand darf nicht zu hoch sein.« Er blickte sich um.

»Am besten bauen wir da.« Markus deutete auf eine der wenigen Baumgruppen. »Komm, wir suchen uns ein paar Zweige und Äste.«

Ganz eifrig waren sie am Bauen, dass Miggi darüber sein Vieh vergaß. Nicht so Markus, der trotzdem immer wieder ein Auge auf die Kühe und die Ziegen warf.

»Wenn die so nervös sind, musst du immer schauen, Miggi«, riet er. »Niemals aus den Augen lassen, verstehst du?«

Das verstand Miggi, denn er hatte noch gut das Missgeschick mit den entlaufenen Kühen auf dem Lederlehof in Erinnerung.

Ihr Unterstand war gerade fertig, als sie die Glocke vom Hof hörten. Noch hielt das Wetter, und Miggi hoffte inständig, dass sich das Gewitter entladen würde, während sie gerade auf dem Hof waren. Aber am Nachmittag war es immer noch nicht gekommen, und der Bauer entschied, dass die Buben ausfahren sollten. Die schwüle Hitze setzte Miggi zu, und als sie die Weide erreichten, war er ganz erschöpft. Im Westen stauten sich schon die Wolken. Bald gewittert es in Freiburg, dachte Miggi wehmütig. Gemeinsam mit Markus drehte er seine Runden um die Kühe, die sich im Vergleich zum Vormittag jetzt viel ruhiger verhielten.

Nach etwa einer Stunde begann es zu donnern. Kurze Zeit später setzte Regen ein. Die Kühe grasten dennoch friedlich, auch die Ziegen waren ganz ruhig, und Markus und Miggi zogen sich in ihren Unterstand zurück. Sie hatten ihn so aufgestellt, dass sie das

Weidestück mit ihrem Vieh von dort aus im Blick hatten.

Miggi war verängstigt und froh, dass Markus bei ihm war. Das Gewitter näherte sich und wurde immer stärker. Blitze zuckten, es donnerte krachend und der Regen prasselte so stark auf ihren Unterstand ein, dass die beiden Buben innerhalb kürzester Zeit bis auf die Haut nass waren.

Markus wirkte gefasst, ja ungerührt, wie er in dem Unterstand kauerte und die Kühe nicht aus den Augen ließ. Miggi hingegen war der Panik nahe. Derart ungeschützt einem starken Gewitter ausgesetzt zu sein, war für ihn eine völlig neue Erfahrung, denn in der Stadt fand sich immer ein trockenes Plätzchen, wo man geschwind Unterschlupf finden konnte, wenn man vom Unwetter überrascht wurde. Das Gewitter tobte jetzt genau über ihnen.

»Hast du keine Angst, vom Blitz getroffen zu werden?«, fragte Miggi.

»Wir sitzen hier ganz gut«, meinte Markus. »Die Blitze schlagen, wenn, dann eher hinter uns ein. Ist eh gleich vorbei.«

Miggi hoffte, dass sein Kamerad Recht behalten würde. Eine gefühlte Ewigkeit verging, bis Donner und Blitz endlich weiterzogen. Genauso abrupt, wie es zu regnen angefangen hatte, hörte es wieder auf. Die Jungen rappelten sich auf. Sie waren beide triefend nass.

»Eine Weile müssen wir noch aushalten, aber dann können wir einfahren«, sagte Markus.

Da das Gewitter für einen drastischen Temperatursturz gesorgt hatte, war es nun eher zu kalt als zu heiß. Miggi schlotterte, sagte aber nichts, denn er wollte nicht als Weichling dastehen. Er war froh, als endlich die Glocke erklang und sie sich auf den Heimweg machen konnten. Alle Tiere machten nach dem Gewitter einen regelrecht entspannten Eindruck, als wäre eine Last von ihnen abgefallen. Und wenn Miggi an die ganzen Fliegen und Bremsen dachte, die nun verschwunden waren, war es ja wohl auch so.

Auf dem Hof angekommen, sorgte das Erscheinungsbild der Buben nicht für besondere Aufmerksamkeit. Miggis Mutter hätte ihn wahrscheinlich noch höchstpersönlich aus der nassen Kleidung gezerrt und ihm einen Tee gekocht. Oben im Schwarzwald gehörte es offensichtlich dazu, dass man auch mal bis auf die Knochen nass wurde. Auf dem Lederlehof war es ja auch nicht anders gewesen. Erst nach der Stallarbeit konnten die Buben ihre Kleidung ausziehen und zum Trocknen in der Stube über den warmen Ofen hängen.

Es war Ende August und die zweite Heuernte, das Öhmden, stand vor der Tür. Wieder kamen Mähder aus den unteren Tälern auf den Hof, um zu sensen. Es waren jedoch nicht drei wie auf dem kleinen Lederlehof, sondern zwölf Männer, die schon frühmorgens eintrafen und mit dem Mähen begannen, um dann am späten Nachmittag wieder zu ihren Dörfern hinabzusteigen. Über Nacht blieben sie nicht, aber die Frauen hatten alle Hände voll zu tun, während des Tages drei Mahlzeiten für die Arbeitskräfte zuzubereiten. Zweimal täglich brachten sie ein Vesper direkt zu den Mähdern auf das Feld, mittags aßen alle zusammen auf dem Hof. Der lange Tisch in der Stube war voll besetzt und die Stimmung bestens. Anna und Mina tischten auf, unterstützt von der kleinen Dorothea. Miggi fand seinen Platz ganz am Ende der Tafel, aber er hatte Freude an der großen Runde, und fast war es ihm, als wäre er Teil einer großen Familie. Markus half bei der Heuernte, Miggi hingegen wurde größtenteils verschont. Nur zwischen den beiden Weidegängen kam er dazu und half. Ansonsten passte Miggi auf das Vieh auf, und zwar ganz allein, was er als große Verantwortung begriff. Er hatte hier auf dem Nonnenfeldhof zwar keine Angst, von den Bauern verprügelt zu werden, aber dass ihm eine Kuh abhandenkam oder etwas anderes Schlimmes passierte und er mit bitteren Folgen rechnen musste, diese Furcht konnte er nicht abstellen. So war er auf der Weide stets bemüht, nichts falsch zu machen und sein Vieh nicht aus den Augen zu lassen, wie es ihm Markus in den letzten Wochen eingeschärft hatte.

IX.

Im September hieß es für Miggi wieder zur Schule zu gehen. Seine Hirtenschule lag im nächsten Dorf, in Gibach, etwa zwei Kilometer vom Nonnenfeldhof entfernt. Auf dem Hinweg ging es steil bergab, so dass Miggi sich schon wieder vor dem Aufstieg nach der Schule fürchtete. Von nun an fuhren sie mit dem Vieh etwa zwanzig Minuten früher ein, und Miggi setzte sich zum Mittagessen noch kurz an den Tisch, bevor er aufbrach. Auf seinem Schulweg begegnete ihm Dorothea, die gerade mit der Nachbarstochter vom Vormittagsunterricht zurückkehrte. Ihre Aufgabe war es am Nachmittag, das Jungvieh auf der Weide neben dem Bauernhaus zu hüten.

Das Schulhaus lag mitten im Ort und war wegen der vielen Kinder davor nicht zu übersehen.

In Miggis Hirtenklasse waren wieder fünfter und sechster Jahrgang beieinander. Er war nun Sechstklässler, und seine Klasse bestand aus elf Jungen und vier Mädchen, die alle wie er beim Bauern hüteten. Der Lehrer hieß Herr Menzenfelder und sah schon sehr alt aus. Eigentlich war er, so erfuhr Miggi später, schon längst in Pension, war aber in den Schuldienst zurückgekehrt, nachdem die Lehrer reihenweise eingezogen worden waren und Ersatz knapp wurde.

»Heil Hitler!«

»Heil Hitler, Herr Lehrer«, brüllten die Kinder mit ausgestrecktem Arm. Geräuschvoll nahmen sie Platz.

»Wen haben wir da?«, fragte Herr Menzenfelder in Miggis Richtung.

»Michael Schocher, Herr Lehrer. Ich komme aus Freiburg und bin zum Hüten auf dem Nonnenfeldhof.«

Herr Menzenfelder nickte beiläufig. »Ihr alle seid Hirtenbuben und -maidle. Aber das bedeutet nicht, dass ihr nicht hart für die Schule arbeiten müsst, ist das klar?«

»Jawohl, Herr Lehrer!«, riefen alle Schüler im Chor.

Der Unterricht begann für alle mit einem aktuellen Abriss der Kriegsereignisse aus Herrn Menzenfelders Sicht. Er rollte die Europakarte auf dem Ständer aus und erklärte den Frontverlauf und die neusten Erfolge der Wehrmacht. Miggi musste sich wieder einmal wundern, wie sehr sich die Erklärungen in der Schule doch von denen in seinem Elternhaus unterschieden. Auch auf dem Nonnenfeldhof meinte er eine Abneigung gegen das Hitler-Regime gespürt zu haben. So hatte sich Bauer Wilhelm oftmals schon verbittert darüber geäußert, dass der Krieg ihm von seinen drei Söhnen schon zwei geholt hätte. Beide kämpften an der Front, der eine in Norwegen, der andere im Osten. Hin und wieder kamen Briefe von dem einen oder anderen auf dem Hof an, und es war für die Familie jedes Mal eine große Erleichterung, ein Lebenszeichen von den Jungen zu bekommen. Im Schwarzwald erbte der jüngste Sohn den Hof und das war in diesem Fall Markus, weswegen seine Eltern hofften, dass der Krieg bald vorbei sein würde und ihr Hoferbe nicht noch zu Schaden kam. So zumindest hatte es ihm Mina nach dem letzten Brief von Matthias, dem Ältesten, aus der Ukraine berichtet. Und hatte dabei wie immer so unbekümmert gestrahlt, dass es Miggi ganz warm ums Herz wurde.

Herrn Menzenfelders Unterricht war anstrengend. Miggi hatte größte Mühe zu folgen und ließ seinen Blick durch die Klassengemeinschaft schweifen. Er schien nicht der Einzige mit Konzentrationsproblemen zu sein. In der zweiten Reihe links hatte ein Junge seine Arme auf dem Tisch gekreuzt, seinen Kopf darauf gelegt und war eingeschlafen.

Das war auch Herrn Menzenfelder nicht entgangen. Mit dem Rohrstock, mit dem er eben noch den Frontverlauf an der Karte erklärt hatte, stupste er den Schüler an.

»Schlafen wir heute mal wieder, Tobias?«

Erschrocken fuhr Tobias hoch.

»Entschuldigung, ich musste heute schon so früh raus«, versuchte er eine Erklärung.

Der Lehrer schaute ihn unbeirrt mit stechenden Augen an. »Hand her«, sagte er knapp.

Tobias streckte ihm zögerlich die geöffneten Handflächen entgegen.

»Umdrehen«, forderte Herr Menzenfelder.

Tobias drehte seine Hände um, so dass die Handflächen nun nach unten zeigten. Präzise und schnell schlug Herr Menzenfelder dreimal auf die Fingerkuppen der linken und dreimal auf die der rechten Hand des Jungen. Tobias zuckte bei jedem Schlag, aber seine zusammengepressten Lippen ließen keinen Laut heraus. Anschließend musste er für den Rest der Stunde mit dem Rücken zur Klasse in der Ecke stehen.

Miggi beobachtete gebannt das Geschehen. Natürlich kannte er die Bestrafung mit den Tatzen, die es auch an seiner Schule zu genüge gab, und auch er hatte schon die eine oder andere davon eingesteckt. Aber wenn es für ein kurzes Einnicken immer gleich etwas auf die Fingerkuppen gab – statt auf die Handflächen, was nicht ganz so weh tat –, hatte er ja Schlimmes zu befürchten. In seiner ersten Hirtenschule war Miggi öfter mal weggenickt, genau wie viele andere auch, aber Herr Petzold war gnädig mit ihnen gewesen. Herr Menzenfelder war da wohl aus einem anderen Holz geschnitzt.

Zurück auf dem Hof wollte Mina wissen, wie es gelaufen war. Als sie den Namen Menzenfelder hörte, entfuhr ihr ein »Oh Gott«.

»Der ist total gefürchtet, Miggi, das ist der Schlimmste von allen.«

Der Schlimmste von allen. Das konnte ja heiter werden.

»Der verklopft sie alle wegen jedem bisschen. Ist ja grad ein Wunder, dass du es heute noch nicht verwischt hast!« Mina lachte. »Frag mal den Markus, der kann dir da ein Lied von singen.«

Ihre Mutter schaute ernster drein.

»Wenn der Miggi viel lernen muss, dann hilfst du ihm, Mina, ist das klar?«

»Ja sicher, das mache ich gern«, antwortete Mina.

Herr Menzenfelder kam den Hütekindern insoweit entgegen, dass die Hausaufgaben meist nicht zum nächsten Tag verlangt wurden, sondern die Schüler sie über einen längeren Zeitraum erledigen konnten. Für Miggi hieß es, wie schon auf dem Lederlehof, alle Hausaufgaben am Samstag und Sonntag zu erledigen. Er durfte dafür in der großen Stube sitzen und auf Minas Hilfe zählen, die bei ihm saß und nebenbei stopfte oder strickte. Mina hatte die Volksschule vor den Sommerferien abgeschlossen und den Lernstoff noch gut im Kopf. Sie war eine sehr gute Unterstützung.

»Du bist ja fast wie eine Lehrerin«, meinte Miggi bewundernd zu ihr.

Mina lachte.

»Schön wär's. Das würd' ich gerne werden. Aber dafür müsst' ich aufs Gymnasium, das ist viel zu weit weg, und welche Bauerstochter geht schon auf die höhere Schule? Das machen ja nicht mal die Söhne!«

Ihre Stricknadeln klapperten.

»Ich kann froh sein, wenn ich nicht für immer Magd bleibe, noch dazu auf dem Hof der Eltern. Jetzt kann ich grad nicht gehen, weil sie jeden hier brauchen. Aber vielleicht kann ich bald eine Lehre machen.«

Miggi schaute sie an. Er fand es überaus reizend, wie sie da so neben ihm saß und strickte, und konnte sich gar nicht erklären, warum.

»Was würdest du denn gerne lernen?«, fragte er.

»Schneiderin. Weißt', so richtig tolle Kleider für die Madames nähen, drunten in Freiburg. Das wär schön. Oder Verkäuferin für Damenbekleidung. So modische Sachen. Aber jetzt geht das alles nicht. Vielleicht nach dem Krieg.« Mina schaute nachdenklich auf. »Wann immer das sein wird.«

X.

Weil die Bauern darauf achteten und Mina ihm so gut half, gelang es Miggi, in der Schule Schritt zu halten. Herr Menzenfelder war alles andere als ein angenehmer Lehrer. Um den Schultag zu überstehen, ohne von ihm verprügelt oder bloßgestellt zu werden, musste man sich vorsehen. Denn Herr Menzenfelder brauchte nicht unbedingt den Rohrstock, um einen zu demütigen. Auch seine herablassenden Bemerkungen waren gefürchtet, die er freigiebig an die Kinder verteilte – sei es zur ärmlichen Kleidung des einen oder zu einer falschen Antwort oder schlechten Klassenarbeit des anderen.

Auf Tobias hatte Herr Menzenfelder es besonders abgesehen. Der Junge hatte in vielerlei Hinsicht schlechte Karten. Er war ein schlechter, unkonzentrierter Schüler und darüber hinaus auf seinem Hof stark beansprucht. Nach allem, was Miggi so von ihm hörte, erlebte Tobias Ähnliches wie er selbst damals auf dem Lederlehof. Er wurde mit Arbeit überhäuft, und niemand achtete auf seine Kleidung oder seine Schulaufgaben.

Herr Menzenfelder konnte es auch nicht leiden, wenn die Schüler mit dreckigen Händen im Unterricht erschienen. Dabei kamen viele in großer Hast zur

Schule, so dass oft keine Zeit für das Händewaschen blieb. Und bei der vielen Stallarbeit war es sowieso schwierig, die Fingernägel blitzeblank zu halten. In diesem Fall hielt man die Hände besser unter dem Tisch und ließ sich nicht erwischen, sonst hagelte es wieder Tatzen.

Alles in allem fand Miggi die Schule anstrengender als seine Arbeit auf dem Nonnenfeldhof, wo er es, so fand er, ganz gut getroffen hatte, und sein Heimweh hielt sich in Grenzen. Trotzdem war er froh, als er Ende September die Gelegenheit bekam, von Samstag auf Sonntag seine Familie in Freiburg zu besuchen. Der Bauer gab ihm das Geld für den Bus und den Zug, und die Bäuerin reichte ihm eine Kanne frische Milch und ein dickes Päckchen. In diesem befanden sich Eier, Butter, etwas Gemüse, ein paar Kartoffeln und sogar ein ordentliches Stück Speck.

Die Heimkehr in die Klarastraße mit diesen wertvollen Mitbringseln im Gepäck geriet für Miggi zum Triumphzug. Achtete er im Bus und Zug noch peinlich genau darauf, von der kostbaren Milch ja nichts zu verschütten, wurde er immer schneller und übermütiger, kaum dass er den Freiburger Hauptbahnhof verlassen hatte. Beinahe wäre er sogar noch gestolpert. Er verlangsamte seinen Schritt, lief aber dennoch weiter mit stolzer Brust in die

Klarastraße hinauf zur Wohnung seiner Eltern und klingelte erwartungsfroh.

Der kleine Klaus riss die Tür auf.

»Miggi«, krähte er erfreut.

Sofort war Irmi an der Tür, und die Mutter näherte sich aus der Küche mit Hannelore auf dem Arm.

»Miggi, das ist aber eine Überraschung. Hast du etwas ausgefressen?«

»Ausgefressen ist gut! Nein, ich komme euch besuchen und ich hab euch was mitgebracht.«

Stolz streckte Miggi der Mutter Milch und Essen entgegen.

»Das ist ja großartig, Miggi. Das kommt wie gerufen, wir haben fast gar nichts mehr im Haus.«

Miggi folgte seiner Mutter in die Küche und legte die Mitbringsel auf den Küchentisch. Beim Auspacken wurde laut gejuchzt. Es sei immer schwieriger, noch etwas Gescheites zu essen zu bekommen, alles nur auf Marken und meistens sei sowieso kaum etwas da, erklärte die Mutter. Miggis Geschwister freuten sich über das unerwartete Glas Milch, und als der Vater nach Hause kam, gab es eine anständige Portion Speckpfannkuchen für jeden.

»Gut schaust' aus, Miggi«, meinte sein Vater. »Genug zu essen scheint's ja zu geben. Sind sie auch sonst gut zu dir?«

»Ja, Vater, es ist ganz in Ordnung dort. Man kann es gut aushalten.«

»Gott sei Dank, dann haben wir eine Sorge weniger«, antwortete der Vater und schaute seine Frau an. Diese wich seinem durchdringenden Blick aus und machte sich am Geschirr zu schaffen.

»Es wird dunkel«, sagte sie, »wir müssen bald die Fenster dicht machen.«

Miggi kannte das: Seit Krieg war, musste jeden Abend verdunkelt werden, damit kein Licht nach außen drang, an dem sich angreifende Bomber orientieren könnten. Das galt nicht nur in Freiburg, sondern auch überall im Schwarzwald.

Sein Vater fragte ihn weiter aus und Miggi erzählte von den Kühen, von Markus und Mina, den Bauersleuten, seiner Weide, von der Schule und Herrn Menzenfelder.

Der Vater schüttelte verächtlich den Kopf, als Miggi die Unterrichtsmethoden in der Hirtenschule von Gibach erläuterte.

»Was soll's, Miggi, die Schule muss sein, und dieser wahnsinnige Krieg nimmt uns alle fähigen Männer, da muss jetzt halt auch so ein alter Zausel wieder ran, da kann man nichts machen. Also streng dich an und sei brav.«

Der Vater lachte. »Und wasch dich gut! Wenn ich so deine Füße sehe!«

Miggi saß barfuß am Küchentisch, und auch im Schein der funzeligen Lampe blieb nicht verborgen, dass er es vor seiner Abfahrt mit dem Waschen der Füße nicht so genau genommen hatte. Er lief natürlich auch auf dem Nonnenfeldhof barfuß zum Hüten auf die Weide, das machten alle. Eigentlich hatte er seit seiner Ankunft dort so gut wie keine Schuhe mehr getragen, nur sonntags, wenn er mit in die Kirche geschickt wurde. Auf seinen Fußsohlen war eine noch dickere Hornhaut gewachsen, die das Laufen etwas angenehmer machte und vor kleineren Verletzungen schützte.

Am nächsten Tag besuchte Miggi seine Freunde Christian und Lothar. Auch sie freuten sich, ihn zu sehen. Miggi merkte aber gleich, dass etwas nicht stimmte. Die Stimmung war ungewohnt bedrückt. Frau Beierle machte sich nicht einmal die Mühe, aufzustehen und Miggi zu begrüßen.

Christian zog Miggi in das Zimmer, das er sich mit seinem Bruder teilte. Lothar ging aber nicht mit hinein, sondern blieb bei seiner Mutter sitzen.

»Da ist Post gekommen«, sagte Christian unsicher. »Da stand drin, dass der Vater tot ist.«

Miggi schaute seinen Freund mit großen Augen an. Das durfte nicht sein. Nicht der Herr Beierle!

»In Russland ist er wohl erschossen worden oder so. Was weiß ich.«

Christian blickte angestrengt zur Decke, damit ihm Miggi nicht ins Gesicht sah, aber Miggi konnte auch so erkennen, dass sein Freund Mühe hatte, die Tränen zurückzuhalten.

Eine ganze Weile blieb es still zwischen den Jungen. Christian wischte sich ein ums andere Mal die Tränen aus dem Gesicht und starrte weiterhin die Decke an.

Miggi saß einfach nur stumm da. Er überlegte, wann er das letzte Mal einfach nur so dagesessen hatte, ohne irgendetwas zu tun. Das gab es im Schwarzwald gar nicht. Sein Freund tat ihm unendlich leid, aber er wusste nicht, wie er ihn hätte trösten können.

Nach einer Weile stand Miggi auf und zog Christian leicht am Arm.

»Komm«, sagte er, »wir gehen ein bisschen an die Dreisam.«

Die Jungen liefen ein wenig am Fluss entlang und warfen Steine ins Wasser. Sie sprachen kein einziges Wort. Christian fragte nicht, ob es Miggi gut ging, aber wieso sollte er auch, wenn er doch selbst so schlecht dran war, dachte Miggi. Nach einer Weile blieb Miggi stehen und blickte zum Himmel. Die Sonne hatte ihren höchsten Stand schon überschritten.

»Ich muss umdrehen, Christian, mein Zug geht bald. Ich muss wieder hoch.«

Christian nickte, und gemeinsam liefen sie zurück in die Klarastraße. An der Wohnungstür der Beierles verabschiedeten sie sich.

»Mach's gut, Miggi, komm bald wieder«, sagte Christian matt. Es tat weh, den Freund so zu sehen, wie er mit gesenktem Kopf und hängenden Schultern dastand.

»Ja, das mach ich. Bald bin ich wieder da. Wirst sehen!«

Noch während er das sagte, schalt sich Miggi innerlich einen Idioten. Christian schaute ihn ausdruckslos an.

»Gut«, entgegnete er nur, öffnete die Wohnungstür und verschwand. Miggi blieb mit dem unguten Gefühl zurück, dass er etwas Tröstliches hätte sagen sollen. Aber was? Ihm fiel nichts ein.

XI.

Der Altweibersommer war vergangen, und der Herbst hielt Einzug. Morgens, wenn Miggi und Markus mit dem Vieh ausfuhren, war es feucht und kalt. Oben angekommen, waren ihre Füße so eiskalt, dass sie gebannt auf die Hinterteile der Kühe starrten und sich ein Wettrennen um den ersten Platz im warmen Kuhfladen lieferten.

Mit der Kälte kam für Miggi auch das lästige Bettnässen zurück. Eines Morgens bemerkte er, dass das Bett unter ihm nass war. Beschämt sprang er hoch. Oh nein, nicht schon wieder! Verdrängte Erinnerungen an den Lederlehof stiegen in ihm auf. Aber was noch schlimmer war: Um die Wäsche kümmerte sich vornehmlich Mina, und nichts wäre Miggi peinlicher, als dass ausgerechnet Mina mitbekäme, dass er ins Bett machte. Während der Stallarbeit war er unkonzentriert und konnte an nichts anderes als an sein nasses Laken denken und wie er es anstellen könnte, sein Missgeschick zu verbergen.

Er machte und sagte gar nichts. Am Abend war das Bett immer noch feucht und roch unangenehm, aber Miggi musste wohl oder übel hineinsteigen, und er war froh, dass niemand sonst mit ihm in der Kammer schlief.

Am nächsten Morgen hatte er wieder eingenässt. Nach dem Frühstück, als Anna ihm das Vesper reichte, nahm er seinen ganzen Mut zusammen und erzählte ihr mit knallroten Wangen und Ohren von seinem Malheur. Anna verzichtete auf jeden Kommentar und versprach, sich darum zu kümmern, worüber Miggi sehr dankbar war. Am Abend fand Miggi ein frisch bezogenes Bett und ein neues Nachthemd vor. Miggi bekam nun mit, dass er nicht der Einzige mit diesem Problem war. Auch das Bett von Dorothea, die in einer Kammer mit Mina schlief, wurde fast täglich neu bezogen.

Davon abgesehen verlief Miggis Leben in immer gleichen Bahnen. Aufstehen, Stallarbeit, Frühstück, Ausfahren, Einfahren, Mittagessen, Schule, Ausfahren, Einfahren, Stallarbeit, Nachtessen, Schlafengehen, nur unterbrochen von den Wochenenden, an denen es keinen Unterricht gab. Stattdessen ging es regelmäßig in die Kirche, darauf legte die Bäuerin großen Wert. Danach saß Miggi in der Stube und machte seine Schulaufgaben. Mittlerweile war es so frisch geworden, dass zusätzlich zum Herd in der Küche der Kachelofen angeheizt wurde und eine gemütliche Wärme verbreitete. In die unbeheizte Schlafkammer über den Trippel zu kommen, war in der kalten Abendluft kein Vergnügen, und es dauerte lange, bis es Miggi im Bett so warm war, dass er einschlafen konnte.

Nun nahte das Kirchweihfest, dem Miggi aus mehreren Gründen erwartungsfroh entgegensah. Erstens, hieß es, wurde groß gefeiert und es gab so richtig gutes Essen.

Zweitens war vereinbart worden, dass Miggi danach wieder nach Freiburg zurückkehren würde. Es gefiel ihm zwar auf dem Nonnenfeldhof, und bei seinem Besuch in Freiburg war ihm klar geworden, dass er es hier nicht schlecht getroffen hatte. Aber er freute sich dennoch darauf, endlich wieder zu seiner Familie zurückzukehren. Zuhause war eben zuhause.

Die Ernte war eingeholt, und am dritten Sonntag im Oktober fand das freudig erwartete Kirchweihfest statt. Das Vieh blieb im Stall, und alle bis auf Anna gingen in die Kirche und danach auf das Fest in Gibach. Anna machte sich nichts aus großen Menschenansammlungen und dem Geschwätz der Leute, sagte sie, deshalb blieb sie lieber auf dem Hof, um diesen nicht unbeaufsichtigt zu lassen und um das große Essen vorzubereiten, das es am Abend geben sollte.

Nach dem Gottesdienst traf sich das gesamte Dorf auf dem Kirchplatz. Ein kleiner Jahrmarkt mit Buden und Karussell war aufgebaut. Miggi war entzückt, denn es erinnerte ihn an die Mess' in Freiburg, die er vor ein paar Jahren mit seinen Eltern besucht hatte.

Der Bauer hatte Miggi wie seinen eigenen Kindern ein paar Münzen zugesteckt, und gemeinsam mit Mina und Dorothea überlegte der Junge nun, wofür sie das Geld ausgeben sollten. Sie fuhren gemeinsam Kettenkarus-

sell und übten sich im Dosenwerfen. Sogar Zuckerwatte gab es, da konnten sie nicht widerstehen! Diese war so begehrt, dass sich vor dem Stand eine lange Schlange bildete. Es war ein seltener, köstlich-süßer Genuss, und sie mussten lachen, als sie sich gegenseitig ansahen und ihre Münder rundherum mit Zucker verklebt waren.
Miggi traf auch viele seiner Mitschüler, für die nun wie bei ihm die Rückkehr ins Elternhaus bevorstand. Einige jedoch, so erfuhr er, blieben auch den Winter über bei ihren Bauern.

»Wollt ihr denn nicht heim?«, fragte er entgeistert.

»Doch schon, aber was sollen wir tun? Wir sind zu viele Esser am Tisch, sagt die Mutter. Acht Geschwister insgesamt. Und der Vater ist im Krieg«, antworteten ihm Max und Eduard, die Brüder, die gemeinsam auf einem Hof untergekommen waren.

Bei aller Zuneigung für seine Bauern – das konnte Miggi sich dann doch nicht vorstellen, von seiner Familie auch noch über den Winter getrennt zu sein. Er freute sich sehr, dass es jetzt bald nach Hause gehen sollte.

Am Abend wurde auf dem Hof festlich gegessen. Miggi konnte sich nicht erinnern, jemals an so einer großen Speisetafel gesessen zu haben. Tags zuvor war ein Schwein geschlachtet worden, und jetzt gab es Fleisch in Hülle und Fülle. Dazu hatte die Bäuerin Klöße gemacht. Alle aßen, bis sie nicht mehr konnten. In ausgelassener

Stimmung saßen alle noch lange am Tisch und erzählten sich Witze und Geschichten. Minas fröhliches Lachen erfüllte die ganze Stube und steckte alle an. Viel später als sonst gingen sie ins Bett, obwohl am nächsten Tag wieder früh morgens die Stallarbeit wartete.

Miggi blieb noch zwei Tage, dann war es so weit: Er kehrte zurück nach Freiburg. Zu seinem Kleidersack kam noch einiges hinzu: zwei Paar neue Socken, gestrickt von Mina persönlich für ihn, drei Wollknäuel für die Mutter, ein neues Hemd, ein großes Stück geräucherter Schinken, Würste, Äpfel, Karotten, Butter, drei Kohlköpfe, zehn Eier. Außerdem gab es einen Brief für die Eltern. Dazu drückte ihm Wilhelm zwanzig Mark in die Hand. Miggi fühlte sich reich beschenkt und war sehr stolz ob seines ersten selbstverdienten Geldes. Er nahm sich vor, es nicht gleich bei erstbester Gelegenheit zu verprassen.

»Miggi, du bist ein feiner Kerl, und wir lassen dich nur ungern gehen«, sagte der Bauer. »In diesen Zeiten ist jede gute Arbeitskraft recht. Wenn du es in Freiburg nicht mehr aushältst, dann kannst du jederzeit zu uns kommen, auch im Winter. Arbeit haben wir immer genug.«

In Freiburg nicht mehr aushalten! Was dachte der Bauer? Aber Miggi begriff auch, dass dieses Angebot Gold wert war. Noch immer herrschte Krieg und er wusste, dass es in der Stadt mit dem Essen schwierig war. Er wusste das Angebot des Bauern also sehr zu schätzen und bedankte sich höflich.

Dann hieß es Abschied nehmen. Der Bauer ließ es sich nicht nehmen, einen seiner Schwarzwälder Füchse anzuspannen und Miggi zum Bahnhof nach Hinterzarten zu fahren. Angesichts seines schweren Gepäcks war der Junge darüber sehr froh. Wilhelm wartete sogar am Bahnsteig, bis der Zug losfuhr, und winkte ihm hinterher. Dann ging es Freiburg entgegen, und Miggi wurde warm ums Herz.

XII.

In Freiburg herrschte dichter Nebel, und Miggi spürte eine drückende Stimmung, die auf der Stadt lastete. Zuhause wurde er mit großem Hallo empfangen. Vor allem seine Mitbringsel erregten wieder die größte Aufmerksamkeit. Miggis Geschwister waren unbekümmert wie immer, Hannelore versuchte sogar schon ihre ersten Schritte, aber seine Eltern wirkten besorgt. Miggi zog es zu seinen Freunden einen Stock tiefer, aber er hatte ein schlechtes Gewissen und traute sich nicht so recht.

»Geh schon«, ermunterte ihn die Mutter. »Die wissen eh schon längst bei dem Krach, dass du wieder da bist«, sagte sie und drückte ihm drei Eier, drei Äpfel und einen Kohlkopf für Frau Beierle in die Hand.

Auf Miggis Klingeln öffnete Christian die Tür. Er schien sich sehr zu freuen, seinen Freund wiederzusehen. Frau Beierle war so dankbar über das Essen, dass sie Miggi fest in den Arm nahm und auf die Stirn küsste. Sie ging mittlerweile arbeiten in der Garnfabrik, erzählte Christian später, denn jetzt, da sie Witwe war, reichte das Geld vorne und hinten nicht mehr.

Christian erzählte von der Schule. Fräulein Schulz war nach wie vor ihre Lehrerin, mittlerweile gab es kaum noch männliche Lehrer, da alle zum Wehrdienst eingezogen worden waren. Miggi berichtete von Herrn

Menzenfelder, gegen den Fräulein Schulz eindeutig das kleinere Übel war. Er war zuversichtlich, in den letzten Monaten nicht so viel Stoff verpasst zu haben, um größere Schwierigkeiten zu bekommen.

Weihnachten 1942 wurde eine bescheidene Angelegenheit. Miggi ging mit seinem Vater in den Mooswald, wo es einen Weihnachtsbaumverkauf gab. Der Vater wollte jedoch nicht so viel Geld ausgeben, so dass sie schließlich ein recht kleines Bäumchen erstanden, das sie dennoch alle gemeinsam mit Sternen und Kugeln schmückten. Am Heiligen Abend besuchte die Familie Schocher mitsamt den Großeltern die Messe in der Herz-Jesu-Kirche. Miggis Blick wanderte während des Gottesdienstes durch die vollbesetzten Bänke. Er kannte fast jeden hier: Nachbarn, Schulkameraden, deren Geschwister und Eltern – der Stühlinger ähnelte in dieser Hinsicht eher einem Dorf als dem Teil einer großen Stadt. Wieder einmal fiel ihm auf, dass er zu den wenigen Kindern gehörte, deren Väter überhaupt noch bei der Familie waren.

Zur Bescherung gab es für jedes Kind ein kleines Geschenk. Irmi freute sich über ein neues Kleid für ihre Puppe und Klaus über ein kleines Holzpferd. Miggi bekam das alte Taschenmesser seines Vaters, ein echtes Prunkstück! Miggi strahlte. Ein Taschenmesser gehörte ja eigentlich zur Grundausstattung jedes Jungen in seinem

Alter, zumal, wenn man als Hirtenbub arbeitete. Wie hatte er den Markus vom Nonnenfeldhof um dessen Messer beneidet – und nun hatte er endlich sein eigenes!

Zum Abend gab es ein richtiges Festmahl mit dem Schinken und dem Kohl, den Miggi mitgebracht hatte. Alle freuten sich, beisammen zu sein, sie sangen und spielten. Es war ein richtig schönes Weihnachtsfest. Miggi ahnte nicht, dass es für lange Zeit sein letztes in diesem Familienkreis sein sollte.

1943

XIII.

Mitte Februar 1943 kam mit der Post ein an den Vater adressiertes Einschreiben an. Der mit dem Reichsadler und dem Absender »Wehrmeldeamt« bedruckte Umschlag ließ nichts Gutes erahnen, und tatsächlich: Die schlimmsten Befürchtungen der Familie wurden wahr, Hans Schocher wurde zum Wehrdienst eingezogen. In zwei Wochen hatte er sich in der Kaserne zu melden. Miggis Eltern waren verzweifelt. Der Vater schimpfte vor den Kindern lauthals über den Krieg, Hitler und die Nazis, um ihnen gleich darauf einzuschärfen, über seine Worte bloß den Mund zu halten. Bei Klaus konnte man da gar nicht so sicher sein. Der war so ein Plappermaul. Miggis Mutter liefen die Tränen über das sorgenvolle Gesicht.

Die nächsten Tage waren sehr unruhig. Gespräche und Briefe gingen hin und her. Schließlich redeten Vater und Mutter allein mit Miggi.

»Miggi, wir haben beim Nonnenfeldhof nachgefragt«, sagte der Vater. »Sie würden dich gerne wieder als Hirtenbub aufnehmen. Du kannst sofort wieder dorthin gehen.«

Wenngleich sie überraschend kam, blieb Miggi ob dieser Nachricht erstaunlich gelassen. Er wusste ja nun schon, was ihn dort erwartete, und es war nicht das Schlechteste, wenngleich er natürlich lieber in Freiburg geblieben wäre. Und dass er wiederkommen dürfe, hatte der Bauer ja gesagt. Allerdings hatte Miggi nicht damit gerechnet, dass es schon so bald so weit sein würde.

»Muss ich wirklich schon jetzt?«, fragte er.

»Nun ja, wir denken, es wäre leichter für uns alle, wenn wir dich versorgt wüssten. Du siehst ja, wie die Lage hier ist. Wenn ich jetzt noch weg bin …« Der Vater schaute ihn traurig an. »Es sind harte Zeiten, Miggi, und wir müssen das Beste draus machen.«

So kam es, dass Miggi die Klarastraße noch vor dem Vater wieder verließ. Diesmal machte sich ganz allein auf den Weg zum Nonnenfeldhof. Nicht einmal zum Bahnhof wollte er begleitet werden. Sein Vater nahm ihn ganz fest in den Arm und wollte gar nicht mehr loslassen. Seine Mutter küsste und herzte ihn und hatte wie so oft in letzter Zeit Tränen in den Augen. Die Geschwister klammerten sich an ihn, dass es Miggi ganz weh ums Herz wurde. Dann marschierte er los, sprang in letzter Sekunde auf den Zug in Richtung Höllental und nahm in Hinterzarten den Bus, der ihn wie vor einem halben Jahr mitten im Nirgendwo ablud. Diesmal wusste Miggi genau, wohin er gehen musste.

Als Miggi auf dem Nonnenfeldhof ankam, war es fast schon dunkel. Auf dem Hof wurde er freundlich begrüßt. Alle waren da: Anna, Wilhelm, Gerion, Markus, Mina und Dorothea.

Mina strahlte ihn an.

»Wie schön, dass du wieder bei uns bist, Miggi. Wir haben dich richtig vermisst!«

Miggi fühlte sich geschmeichelt und dachte, dass er ihr strahlendes Lachen auch vermisst hatte.

Im Schwarzwald lag anders als in Freiburg knietief Schnee und zur Nacht wurde es klirrend kalt. Als Miggi aus der warmen Stube in seine Kammer kam, warf ihn die Kälte fast um. An den Ritzen entlang der Holzpaneele hatte sich Eis gebildet. Umso froher war Miggi über das warme Kirschkernsäckchen, das Mina ihm mitgegeben hatte. Damit wurde es unter der Decke einigermaßen warm, und Miggi schlief wider Erwarten tief und fest.

Am nächsten Tag war Sonntag, und der Besuch des Gottesdienstes in Gibach stand an. Zu Miggis Überraschung holte Markus einen großen Holzschlitten aus dem Schuppen.

»Was schaust' denn so? Na los, steig auf!«

Das ließ sich Miggi nicht zweimal sagen, und mit großer Geschwindigkeit sausten sie zusammen talwärts. Was für ein Spaß! Miggi war begeistert, als er hörte, dass er fortan mit dem Schlitten auch zur Schule fahren konnte. Erst auf dem Rückweg wurde ihm bewusst, dass er den Schlitten ja auch wieder den steilen Weg zum Hof hinauf ziehen musste.

Am Montag begann für Miggi wieder die Schule. Der Unterricht fand bis April regulär vormittags statt. Lehrer war nach wie vor Herr Menzenfelder. Miggi schauderte, denn gleich in der ersten Stunde zeigte der alte Lehrer, was er von unpünktlichen Schülern hielt. Die zwei, die es gewagt hatten, zu spät zu kommen, bekamen Tatzen auf die Finger.

Auf dem Nonnenfeldhof ging es zu dieser Jahreszeit noch recht gemäßigt zu. Die Kühe blieben im Stall und eine von Miggis Aufgaben bestand darin, sie regelmäßig zu striegeln. Bisher hatte der Junge geglaubt, das mache man nur bei Pferden – aber auch Kühe sollten sauber sein und sich im Stall wohlfühlen, und tatsächlich schienen sie die Prozedur zu genießen. Auch Miggi gefiel diese Arbeit.

Ansonsten gab es noch Getreide zu dreschen, Holz zu hacken, Sachen aufzuräumen und auszubessern, den Stall auszumisten und das Vieh zu füttern. Dennoch blieb genug Zeit, um die Schulaufgaben zu erledigen, und Miggi gelang es, sich bei Herrn Menzenfelder keine Bestrafungen mit dem Rohrstock einzufangen.

Anfang April wurde es warm und binnen weniger Tage schmolz der ganze Schnee dahin. Rund um das Haus watete man tief durch den Matsch, und allein der Gang zum Klohäuschen wurde zu einer richtigen Rutschpartie.

»Wenn es jetzt etwas trockener wird, könnt ihr raus auf die Weide«, sagte der Bauer, und Miggi wusste nicht so recht, ob er sich darauf freuen sollte.

Schon eine Woche später machten sich Markus und er das erste Mal auf den Weg zur Weide. Morgens war es noch eisig kalt, aber dennoch kein Grund, mit Schuhen loszulaufen. Nun war wieder die Zeit des Barfußlaufens angebrochen, und Miggi, der bis jetzt vom Bettnässen verschont geblieben war, hoffte, dass sich das auch nicht mehr ändern würde.

Oben angekommen stellten sich die Buben sofort in die frischen Kuhfladen. Während Miggi sich so wärmte, ließ er seinen Blick schweifen. Das Panorama der Gipfel des Schwarzwaldes auf der einen und des Rheintals und der Vogesen auf der anderen Seite war einfach fantastisch.

Die Jungen mussten heute besonders wachsam sein, denn nach der langen Zeit im Stall waren Kühe und Ziegen wie vom Hafer gestochen und stoben wild hin und her. Ständig mussten Markus und Miggi mit ihren Geißeln das Vieh einkreisen und zusammenhalten. Nach der langen Winterpause war dies eine ungewohnte Anstrengung, die alle Aufmerksamkeit erforderte, und so erschien Miggi die Zeit bis zum Läuten der Glocke eher kurz, weil er so beschäftigt war.

Auf dem Hof wieder angekommen, ging es weiter wie gewohnt. Miggi nahm schnell sein Mittagessen ein und machte sich gleich auf zur Schule.

Kaum hatte er im Klassenzimmer Platz genommen, fiel sein Blick auf seine Hände, die er nur unzureichend gewaschen hatte. Er konnte nur hoffen, dass Herr Menzenfelder heute auf Reinlichkeitsüberprüfungen verzichtete. Neben ihm saß Ludwig, den er schon vom Sommer kannte und der sichtlich das gleiche Problem hatte.

Herr Menzenfelder wäre nicht Herr Menzenfelder gewesen, wenn er auf diese Art von peinlichen Kontrollen verzichtet hätte. Dafür hatte er – so war zumindest Miggis Eindruck – zu viel Vergnügen daran, seine Schüler zu bestrafen. Manchmal wirkte der Lehrer zutiefst verbittert, so dass man den Eindruck gewinnen konnte, er schlug nur, um seine schlechte Laune loszuwerden. Vielleicht machte ihm auch der Wechsel der Schulklassen und Unterrichtszeiten zu schaffen, heute jedenfalls war Herr Menzenfelder von übelster Laune und verlangte von jedem, seine Hände herzuzeigen. Sicherlich die Hälfte der dreißig Schüler bestand diesen Test nicht, darunter der unglückliche Tobias, der heute wieder seinen ersten Schultag in dieser Hirtenschule hatte. Auch Miggi öffnete schuldbewusst seine Handflächen und fing sich auf jeder Seite drei Tatzen. Herr Menzenfelders Schlagtechnik war sehr treffgenau und wohlerprobt, so dass die kleinen Schläge sehr schmerzten. Dennoch Ehrensache, sich außer einem Zusammenkneifen der Augen nichts anmerken zu lassen.

Nach der Schule beeilte sich Miggi, wieder zum Nonnenfeldhof zu kommen, wo er wiederum gemeinsam mit Markus ausfuhr. Danach Stallarbeit, Nachtessen und todmüde ins Bett.

XIV.

»Es ist wichtig, dass wir dich haben, Miggi«, sagte wenige Tage später am Abendtisch der Bauer. »Gerion verlässt uns bald, und dann brauchen wir hier jeden Mann. Was nützen all die jungen Männer, wenn sie in den Krieg müssen?«

Gerion, so erfuhr Miggi, hatte seinen Marschbefehl erhalten. In acht Tagen hatte er sich in Freiburg zum Wehrdienst einzufinden. Gerion kaute schweigend an seinem Brot.

»Da schau, Miggi«, fuhr der Bauer fort. »Drei Söhne habe ich, aber was habe ich von ihnen? Der eine in Norwegen, der zweite irgendwo im Osten und schon ewig nichts gehört. Vielleicht nehmen sie mir noch den dritten, wenn der Krieg nicht aufhört. Und wer macht dann den Hof?«

Wilhelm wandte sich seiner Frau zu.

»Wenn Gerion nicht mehr da ist, brauchen wir Ersatz, sonst schaffen wir die ganze Arbeit nicht. Und überall auf den Höfen sind die jungen Männer nicht mehr da. Ich geh morgen mal zum Rathaus und frag, ob wir eine Arbeitskraft bekommen.«

»Woher soll die denn kommen, Wilhelm?«, fragte Anna in zweifelndem Ton.

»Aus Polen oder so, was weiß ich. Drüben auf dem Schindelmaierhof haben sie jetzt einen von dort. Der kann zwar nur ganz wenig Deutsch, ist aber wohl fleißig. Und abends schlafen die in der Baracke unten im Dorf.«

Der Bauer schaute in die Runde. »Ja, es sind verrückte Zeiten. Wir schicken unsere Buben in den Krieg und müssen uns dann andere Männer holen, damit wir den Hof überhaupt bestellen können. Gebe Gott, dass unsere Söhne und Gerion bald heil und gesund zurückkehren.«

Eine Woche später war es so weit. Gerion packte seine Sachen und verließ den Hof. Anna und Wilhelm waren sehr betrübt, denn sie verloren einen guten Knecht. Gerion hingegen schien eher gespannt zu sein auf das, was ihn erwartete.

»Fürs Vaterland«, sagte er fröhlich, nahm seinen Sack und machte sich auf den Weg. Ob sie ihn jemals wiedersehen würden?

Ersatz gab es nicht sofort, und so musste Markus Gerions Platz einnehmen. Für Miggi bedeutete das, dass er fortan allein die große Herde hüten musste. Den Bauersleuten war bewusst, dass sie Miggi damit viel zumuteten, aber die Landwirtschaft richtete sich nicht nach persönlichen Umständen. Der Knecht war fort – es ging nicht besser, und Miggi verstand, dass sie sich um Abhilfe bemühten.

Schon zwei Tage später brachte Wilhelm zwei Männer aus Gibach mit. Der eine war klein und drahtig, wirkte aber dennoch kräftig, der andere war groß gewachsen, schlank und hatte dichte, fast schwarze Haare und auffallend blaue Augen.

»Das ist Tadeusz«, stellte der Bauer den Kleineren vor. »Er kommt aus Polen. Und das ist Cédric aus Frankreich. Sie werden uns ab sofort unterstützen. Nachts müssen sie runter in die Baracke ins Dorf. Morgens holt sie der Schindelmaier, der ja auch einen Polen hat, abends bringen wir sie runter.«

Die Hofgemeinschaft musterte die Zwangsarbeiter wie seltene Tiere. Eine gespannte Stille herrschte zwischen den Fremden auf der einen und den Schwarzwäldern auf der anderen Seite. Schließlich war es – natürlich – Mina, die das Schweigen brach. Sie ging unbefangen auf Tadeusz und Cédric zu und reichte beiden die Hand.

»Herzlich willkommen bei uns«, sagte sie freundlich wie immer, »schön, dass ihr da seid.«

»Danke, danke, danke«, sagte Tadeusz nur. Dann senkte er den Kopf.

»Danke«, war auch das einzige Wort von Cédric. Er hielt dem Blick von Mina jedoch stand.

Später hörte Miggi zufällig mit, wie die Bäuerin mit Mina schimpfte.

»Du kannst diese Leute nicht wie Gäste behandeln, Mina. Das sind Zwangsarbeiter. Sie können hier auch nicht wohnen. Sie dürfen auch nicht bei Tisch mitessen. Es ist was anderes.«

»Was soll da anders sein?«, fragte Mina. »Es sind Menschen wie du und ich, die hart arbeiten, noch dazu fern von der Heimat.«

Sowohl Tadeusz als auch Cédric erwiesen sich schon am ersten Tag als tüchtig. Die Bäuerin hatte zum Abend etwas zu essen am verrauchten Küchentisch gerichtet, als der Bauer in die Küche kam und sie ansprach. Miggi, der gerade den Flur betreten hatte, konnte alles hören.

»Das sind gute Leute, sie haben heute gut gearbeitet, und du weißt, dass wir sie beide brauchen. Wer gut arbeitet bei uns, hat sich ein gescheites Essen verdient und sitzt nicht irgendwo abseits. Ich möchte, dass die beiden am Tisch sitzen wie alle anderen auch.«

»Aber Wilhelm, du weißt genau, dass das verboten ist«, wandte Anna ein. »Wenn das rauskommt, dann …«

»Schweig, Anna, es wird so gemacht, wie ich es sag!«

So laut hatte Miggi den Bauern noch nie die Stimme erheben hören. Er wollte sich gerade umdrehen und davonmachen, als Wilhelm durch die Küchentür in den Flur trat.

»Und du, Miggi, sitzt jetzt auf der Bank neben Markus.«

»Ja, mach ich.« Mehr brachte Miggi nicht heraus. Da war er ja richtig aufgestiegen seit Gerions Weggang, dachte er stolz.

Und so saß Miggi von nun an neben Markus auf der Bank, an zweiter Stelle, genau gegenüber von Mina. Er konnte sich keinen besseren Platz vorstellen.

Die Anwesenheit von Cédric und Tadeusz brachte dem Hof die dringend benötigte Arbeitsentlastung. Beide konnten ordentlich zupacken und waren offensichtlich mit der Landwirtschaft vertraut. Genaueres konnte die Hofgemeinschaft nicht herausbekommen, denn beide sprachen nur wenige Brocken Deutsch. Miggi hatte zwar das Gefühl, als ob Cédric mehr Deutsch verstand, als er zugeben wollte, aber vielleicht täuschte dieser Eindruck auch. Eine Belastung war, dass abends beide zurück in die Baracke begleitet werden mussten. Zu groß war die Befürchtung der Ortsverwaltung, dass sie sich vom Acker machen würden. Meistens war es Markus, der die beiden nach unten ins Dorf brachte, und besonders begeistert war dieser ob des späten Spazierganges nicht.

Miggi machte sich so seine eigenen Gedanken, und fragte auf der Weide mal nach: »Wenn die abhauen wollen, dann lassen die sich zu zweit doch nicht von dir aufhalten, oder?«

Markus grinste ihn an.

»Wieso nicht? Ich bin doch richtig stark.«

»Nein, ernsthaft, wenn die wollten, dann braten die dir eine über und weg sind sie.«

»Warum sollten sie das tun?«, entgegnete Markus gelassen. »Wo sollen die denn hin? Die brauchen ja auch was zu essen und einen Platz zum Schlafen, und wenn die dann auf der Flucht sind …«

»Wie ist das so in der Baracke?«, hakte Miggi weiter nach.

Das Gebäude lag nicht weit entfernt von seinem Schulweg am Ortseingang und sah wenig einladend, eher baufällig aus. Es gehörte einem Bauern, der es früher als Lagerhaus genutzt und nun der Gemeinde zur Verfügung gestellt hatte. Außerdem standen immer streng aussehende Männer in Uniform und mit Gewehr davor. Näher hatte sich Miggi deshalb nicht herangetraut.

»Weiß nicht«, meinte Markus. »Sieht eng aus.«

»Sind da so viele drin?«

»Ja klar, oder glaubst du, dass wir der einzige Bauernhof hier sind, der solche Arbeiter hat?«

Vermutlich nicht. Miggi hatte schon von seinen Klassenkameraden gehört, dass auf fast allen Höfen Fremdarbeiter Einzug gehalten hatten. Genauso, wie fast keine Söhne im wehrfähigen Alter mehr auf den Höfen waren.

»Hast du Angst, dass du auch bald in den Krieg musst?«, wollte Miggi wissen.

Markus zuckte mit den Schultern.

»Pah, was soll ich darüber nachdenken? Ich will nur den Vater nicht allein lassen, das wär nicht gut. Wenn dann noch der letzte Sohn geht …«

Er brach den Satz ab. Die Unterhaltung war beendet und sie wandten sich wieder dem Vieh zu.

Zu Ostern durfte Miggi zwei Tage nach Hause. Wie er sich freute! Er hatte seine Familie seit Februar nicht mehr gesehen. Wie üblich stattete ihn die Bäuerin mit einem großen Paket aus, und bepackt mit allerlei Essbarem machte Miggi sich auf den Weg.

Seine Geschwister begrüßten ihn stürmisch, selbst die kleine Hannelore kam gleich auf ihn zu gerannt.

Die Mutter hielt sich erst im Hintergrund und drückte dann ihren Ältesten fest an sich.

»Ich freu mich so, dass du da bist. Das Haus ist so leer geworden.« Dankbar nahm sie das Paket von Miggi entgegen. »Da können wir ja heute zur Feier des Tages und zum Ende der Fastenzeit ein richtiges Festmahl zaubern.«

Sie ging in die Küche, um die Nahrungsmittel zu verstauen. Miggi folgte ihr und betrachtete sie von der Seite. Seine Mutter sah irgendwie dicker aus als das letzte Mal. Er wunderte sich. Am Essen konnte es ja wohl nicht liegen.

»Mama, du hast ja einen Bauch gekriegt«, platzte er heraus.

Seine Mutter sah ihn an.

»Wir kriegen noch mal eins.«

Dann drehte sie sich wieder um, damit Miggi ihr nicht ins Gesicht schauen konnte.

»Wie eins?«

Miggi schaute irritiert. Dann begriff er. Hieß das, da kam noch ein weiteres Geschwisterchen?

»Ja, Miggi, im August kommt es.« Die Mutter lächelte. »Das ist das Leben.«

Mit gemischten Gefühlen machte sich Miggi am übernächsten Vormittag, dem Ostermontag, wieder auf den Weg in den Schwarzwald. Einerseits war er wütend auf seine Eltern. Sein Vater war irgendwo an der Front und gar nicht mehr da für sie alle. Ein paar Briefe hatte er schon geschrieben, ja. Miggi hatte diejenigen lesen dürfen, die an die ganze Familie gerichtet waren. Man spürte deutlich, wie sehr der Vater fehlte. Miggi vermisste ihn, seine Geschwister vermissten ihn. Und seine Mutter litt, dass ihr Mann weg war. Und jetzt bekam sie auch noch ein Kind! Wo sie fast nichts zu essen in Freiburg hatten. Sie schickten ihren Ältesten weg, damit ein Esser weniger am Tisch saß, und dann kam noch ein weiteres Baby. Miggi spürte Eifersucht in seinem Innern wachsen. Ich muss gehen und ein anderes Kind kommt, dachte er wütend.

Auf dem Nonnenfeldhof angekommen, erzählte er Mina von seinem Kummer.

Mina zeigte Verständnis für seine Wut, sagte aber dennoch: »Was sollen sie denn machen, Miggi? Wenn Gott will, kommt halt ein Kind. Das ist doch auch was Schönes, egal, wie die Zeiten sind.«

Miggi schwieg. Mina war fünfzehn Jahre alt, aber sie klang oft so erwachsen wie ihre eigene Mutter. Er hätte lieber eine andere Antwort von ihr bekommen.

XV.

Von Tadeusz und Cédric bekam Miggi fast nichts mit. Sie arbeiteten auf dem Hof unter der Aufsicht von Wilhelm, und am Abend war es stets Markus, der sie zurück zur Baracke begleitete. Die einzige Zeit, zu der sie alle zusammenkamen, waren die Mahlzeiten. Anfangs saßen beide schweigend und zurückhaltend dabei, aber in den folgenden Wochen und Monaten lockerte sich ihre Haltung, nachdem sie gemerkt hatten, dass die Bauern sie anständig behandelten. Hin und wieder tauchte ein Lächeln auf ihren Gesichtern auf, wenngleich man nie genau wusste, wie viel sie von der Unterhaltung der anderen überhaupt verstanden.

Miggi fühlte sich Tadeusz näher, obwohl er eigentlich gar nichts mit ihm zu tun hatte. Tadeusz saß beim Essen neben ihm, und so kam irgendwie eine wortlose Verbindung zwischen ihnen zustande. Die Deutschkenntnisse der beiden Zwangsarbeiter wurden allmählich etwas besser, auch wenn sie nicht wirklich viel sprachen.

Eines Tages fragte Mina beim Abendessen ganz unbefangen, ob die beiden denn auch Familie hätten. Cédric lächelte sein übliches Lächeln, das er aufsetzte, wenn er nicht verstand oder nicht verstehen wollte – oft hatte Miggi den Eindruck, dass Cédric sehr wohl verstand, aber einfach keine Lust hatte zu reden. Tadeusz hingegen antwortete.

»Ich habe Frau und zwei Kinder. Sohn wie Miggi. Tochter so wie Dorothea. Ja. Sind in Polen auf mein Hof.« Er lächelte entschuldigend.

Niemand sagte etwas darauf. Nie hatten sie darüber nachgedacht, dass Tadeusz vielleicht einen eigenen Hof haben könnte. Miggi hatte auch keine genaue Vorstellung davon, wie es den Polen eigentlich hierher verschlagen hatte. In den folgenden Tagen dachte Miggi viel über diese Fragen nach und wünschte sich, er könnte mit dem Vater darüber sprechen – der würde ihm sicher vieles erklären können. Auf dem Hof wollte er niemanden fragen, und so blieb Miggi mit seinen Gedanken allein.

Den ganzen Sommer über fuhr Miggi nicht mehr nach Freiburg und hörte auch nichts von seiner Familie. Eine Weile lang vermisste er sie alle sehr, vor allem seine Mutter, aber irgendwann gewöhnte er sich daran und er dachte nicht mehr viel darüber nach.

Bis zu einem Samstag Anfang September. Als er mittags mit dem Vieh einfuhr, entdeckte er auf dem Nonnenfeldhof einen Mann in Wehrmachtsuniform. Kaum hatte Miggi den Mann erkannt, vergaß er seine Herde und rannte dem Mann entgegen.

»Papa!«, rief er.

Wie früher, als er noch ein kleines Kind war, warf er sich in die ausgestreckten Arme des Vaters, der ihn auch tatsächlich wie damals hochhob und um die eigene Achse wirbelte. Dann drückte er Miggi fest an sich.

»Wie schön, dich zu sehen, Miggi«, begrüßte ihn der Vater sichtlich bewegt.

»Bist du wieder in Freiburg? Für immer?«

»Nein, ich habe nur kurz Heimaturlaub. Übermorgen muss ich wieder los. Leider. Aber ich bin froh, einmal hier zu sein und nach dir sehen zu können. Und natürlich nach deinen Geschwistern und deiner Mutter.« Er lächelte. »Da gibt es jetzt ja noch einen kleinen Buben mehr, den Johann.«

Miggi erschrak. Dass seine Mutter noch ein Kind bekommen würde, hatte er erfolgreich verdrängt. Jetzt spürte er wieder einen kleinen Stich in seiner Brust.

»Ein kleiner Bub also?«

»Ja, er sieht dir sogar ähnlich und er ist ganz gesund!«

Miggi merkte seinem Vater die Begeisterung an und wollte kein Spielverderber sein.

»Schön«, sagte er deshalb, »vielleicht lerne ich ihn ja bald mal kennen.«

»Aber ganz bestimmt, Miggi! Wenn du das nächste Mal in Freiburg bist, wirst du ihn ja sehen.«

Anna kam zur Tür und bat Miggis Vater hinein. Er durfte zum Mittagessen bleiben und freute sich über die gute Mahlzeit. Damit Vater und Sohn noch etwas Zeit miteinander verbringen konnten, hatten die Bauern nichts dagegen, dass der Vater Miggi auf die Weide begleitete.

»Der kann gleich noch mithelfen«, grinste Wilhelm.

Für Miggi war es ein Erlebnis, mit seinem Vater auf die Weide zu laufen und ihm alles zu zeigen. Der Vater staunte über den großartigen Blick auf die Umgebung, den Miggi jeden Tag hatte, und hörte sich geduldig alle Namen der Kühe und ihre Eigenschaften an.

Miggi genoss den Nachmittag in vollen Zügen und war sehr stolz, dass er seinem Vater all dies einmal zeigen konnte. Er kam sich ganz wichtig und groß vor. Der Vater wiederum erzählte kaum etwas von seinen Erlebnissen als Soldat, sondern wollte eigentlich nur wissen, wie es Miggi ging. Und er erzählte von Irmi, Klaus und Hannelore und natürlich von Johann.

»Der Mutter geht es gut«, sagte er. »Sie hat die Geburt gut überstanden.«

Miggi konnte und wollte sich das alles nicht so recht vorstellen. Aber der Bruder gehörte nun wohl dazu.

Zum ersten Mal fand er es schade, die Glocke der Kapelle zu hören. Die Zeit mit dem Vater ging unweigerlich zu Ende, und nur widerwillig trieb Miggi das Vieh den Berg hinunter.

Wieder am Hof angekommen, bedauerte der Vater, das Angebot Annas, zum Abendessen oder sogar über

Nacht zu bleiben, nicht annehmen zu können. Er müsse jetzt den Zug nach Freiburg erwischen, dort werde er erwartet. Anna gab ihm einen Sack voller Nahrungsmittel mit.

Der Abschied fiel schwer. »Pass auf dich auf, mein Großer«, flüsterte der Vater Miggi ins Ohr. »Bis bald. Wir sehen uns bald wieder.«

»Ja, das hoffe ich«, schniefte Miggi.

Irgendwie wussten sie es beide besser, aber keiner wollte es aussprechen.

»Bis bald, Papa.«

Zum ersten Mal seit langer Zeit spürte Miggi Heimweh in sich aufkommen. Als er später in seinem Bett in der dunklen Kammer lag, rannen ihm die Tränen in Strömen die Wangen hinab.

Im Oktober war Miggi allein auf der Weide, als sich ein Gewitter ankündigte. Den ganzen Tag schon war ein seltsames Wetter gewesen, viel zu warm für einen Herbsttag, und die Luft hatte sich dick angefühlt. Binnen kurzem wurde der Himmel schwarz, und es grollte bedrohlich. Das Vieh wurde nervös, aber es gelang Miggi, die Kühe und Ziegen zusammenzuhalten.

Miggi hatte schon ein paar Gewitter auf der Weide erlebt, aber dieses hier übertraf alle. Schleusenartig öffnete sich der Himmel und ein Sturzbach an Regen fiel hinab, der nach einer Weile sogar in Hagel überging und sich wie Nagelschläge anfühlte.

Miggi kroch in seinen Unterstand und kauerte sich ganz klein zusammen. Das Gewitter war genau über ihm, als ein Blitz niederging. Miggi nahm mit Erschrecken das gleißende, zackige Licht wahr, gefolgt von einem ohrenbetäubenden Knall. Sein Herz schlug bis zum Hals und er musste sich zusammenreißen, um nicht loszuschreien.

Als der Hagel nachließ und in sanften Regen überging, das Grollen immer leiser wurde, traute sich Miggi hinaus. Der ganze Berg war mit einer dicken weißen Schicht aus Hagelkörnern bedeckt. Es sah aus wie im Winter. Als Miggi mit seinen nackten Füßen auftrat, stieß er einen Schrei aus. War das kalt und hart! Vorsichtig bewegte er sich vorwärts und sah sich um.

Etwa dreißig Meter von ihm entfernt lag ein Baum wie gefällt auf dem Boden. Aus dem Holz stieg Rauch auf. Um den Baum herum lagen zwei seiner fünf Ziegen bewegungslos im verhagelten Gras. Ängstlich näherte sich Miggi ihnen. Mit dem Fuß stupste er die erste Ziege an. Sie rührte sich nicht. Miggi probierte es bei der zweiten. Auch keine Reaktion.

Miggi spürte Panik in sich aufsteigen. Er hatte nicht gut genug auf die Ziegen aufgepasst, und jetzt waren sie tot! Was würde der Bauer nur sagen? Kurzentschlossen ließ Miggi die Geißel knallen und trieb sein Vieh zusammen, um den Rückweg anzutreten. Eigentlich war es dafür noch zu früh, aber er wollte auf keinen Fall hier noch länger neben den toten Ziegen ausharren.

Die Kühe und die verbliebenen drei Ziegen trotteten los, Miggi hinterher. Dabei musste er stark die Zähne zusammenbeißen, das Laufen durch den knöchelhohen Hagel war eine Tortur. Miggi heulte laut auf.

Als er endlich auf dem Hof ankam, waren seine Füße eisblau und völlig gefühllos. Er hoffte nur auf einen Eimer heißes Wasser, um sie darin wieder warmzubekommen. Anna hatte ihn schon kommen sehen und stand besorgt vor dem Stall, in den die Kühe schnell verschwanden.

»Was ist los, Miggi?«

»Meine Füße!«

Anna blickte an ihm hinunter und sah die blauen Klumpen. Mit dem Arm wies sie ihn Richtung Tränke.

»Rein mit dir!«

»In den Brunnentrog?«

»In den Brunnentrog. Und schön hin- und herlaufen.«

Miggi wollte nicht glauben, was Anna ihm antat. Aber folgsam kletterte er in den Trog und lief im Wasser auf und ab. Dabei jaulte er vor Schmerzen. Schließlich erlaubte ihm Anna, wieder herauszusteigen.

Nun nahm sie ihn mit in die Stube, hieß ihn, sich hinzusetzen. Sie nahm vor ihm Platz und fing an, einen

Fuß nach dem anderen mit einem Handtuch zu frottieren. Miggi heulte immer noch vor Schmerzen. An seinen Füßen hatten sich richtige Frostbeulen gebildet.

Der Bauer kam zur Stube hinein.

»Miggi, es fehlen zwei Ziegen. Wo sind die Ziegen?«

»Die liegen tot da oben. Der Blitz hat sie getroffen«, weinte Miggi.

»Du liebe Güte!« Anna schaute entsetzt auf. »Gott sei Dank ist dir nichts Schlimmeres passiert, Miggi.«

Mehr sagten sie nicht zum Verlust der Tiere, wofür Miggi sehr dankbar war. Markus und Tadeusz liefen gemeinsam zur Weide hoch und kamen eine Stunde später mit den zwei toten Tieren auf ihren Rücken zurück. Derweil hatte sich Mina auf den Weg ins Dorf gemacht, um dem Metzger Bescheid zu geben.

Der Bauer wollte, dass Miggi dabei war, damit er sah, was mit den toten Tiere passierte. Sie wurden auf der Tenne aufgehängt und der Metzger schlitzte ihre Halsschlagadern auf. Das hinausfließende Blut wurde in einer Schüssel gesammelt.

»Das war noch rechtzeitig«, murmelte Wilhelm, während er dem Metzger zur Hand ging. »Wenigstens etwas Glück im Unglück.«

Während Miggi gebannt der Schlachtung zusah, kamen immer wieder Leute an den Hof, die sich Stücke von dem Ziegenfleisch abholten.

»Das nennt man Freibankfleisch«, erklärte ihm Anna. »Das geht jetzt billiger weg als normal geschlachtetes Fleisch. Aber immerhin gibt es noch ein bisschen was dafür.«

Miggi fühlte sich schuldig, dass er nicht besser aufgepasst hatte, obwohl ihm niemand einen Vorwurf machte. Er hätte ja auch früher einfahren können, aber das hatte er sich eigenmächtig nicht getraut.

Es dauerte Stunden, bis das Gefühl in Miggis Füße zurückkehrte. Noch Tage später schmerzten sie so sehr, dass das Barfußlaufen zu einer Qual wurde.

An einem kalten Oktobertag nach Kirchweih wollte Miggi zum ersten Mal seit Langem seine alten Schuhe anziehen, denn es war an der Zeit, Freiburg und seiner Familie wieder einmal einen Besuch abzustatten. Doch sie waren ihm viel zu klein geworden. Jetzt hatte er gar keine Schuhe mehr. Ratlos wandte er sich an Anna, die mit einem alten Paar von Markus aus der Abstellkammer zurückkam. Sie passten, wenn auch knapp. Besser als nichts.

Miggi bekam wie immer ein Nahrungsmittelpaket zugesteckt und machte sich auf den Weg zum Bahnhof. Schon nach kurzer Zeit merkte er, dass die Schuhe ihm Blasen scheuerten. Am liebsten hätte er sie wieder ausgezogen, aber auf kalte Füße hatte er ebenso wenig Lust, und so hielt er durch.

Während der Zugfahrt hatte Miggi Gelegenheit, über seine Situation nachzudenken. Mittlerweile war klar, dass er auch den nächsten Winter auf den Nonnenfeldhof verbringen würde. So hatten es seine Mutter und der Bauer vereinbart, und Miggi hatte nicht protestiert. Es erschien Miggi mittlerweile ganz normal und folgerichtig, Wilhelm und Anna waren längst schon so etwas wie Ersatzeltern für ihn geworden und behandelten ihn gut.

Als er in der Klarastraße eintraf und ihm unter großem Hallo seiner Geschwister die Wohnungstür geöffnet wurde, kam er sich wirklich eher wie ein Besucher und nicht mehr wie ein Familienmitglied vor. Die Mutter begrüßte ihn mit einem Säugling auf dem Arm.

Unverwandt betrachtete Miggi seinen Bruder Johann. Ihm fehlte die Verbindung, die er zu seinen anderen Geschwistern aufgebaut hatte, nachdem sie geboren waren. Da hatte er mitbekommen, dass die Mutter immer dicker wurde und dann unter großen Schmerzen ein Kind gebar. Jetzt blickte er nur auf ein ihm fremdes Kind.

Er blieb zwei Tage, dann brach er sonntagnachmittags wieder auf. Seine Mutter verlor kein Wort darüber, dass er schon wieder ging und lange Zeit wegbleiben würde. Sie hatte pausenlos den kleinen Bruder auf dem Arm und sich vor allem über das Nahrungsmittelpaket gefreut.

Ich bin ihr wohl egal, dachte Miggi verbittert und war froh, als er wieder im Zug in Richtung Schwarzwald saß.

Mina begrüßte ihn mit strahlendem Lächeln, was den Jungen ein wenig versöhnte.

Sogar über Weihnachten blieb Miggi auf dem Nonnenfeldhof. Der Vater war nach wie vor an der Front, und seine Mutter hatte nicht einmal gefragt, ob er heimkommen würde.

1944

XVI.

Im Mai 1944 kam Felix auf den Nonnenfeldhof. Er tauchte eines Samstagabends auf und stellte sich als neuer Hirtenbub aus Saarbrücken vor.

Wilhelm begrüßte ihn freundlich. »Miggi«, rief er dann. »Das ist dein neuer Kollege, mit dem du ab sofort immer zu zweit ausfahren wirst. Markus bleibt fortan unten.«

Felix und Miggi tauschten einen Händedruck aus und beäugten einander interessiert. Miggi hatte nichts gewusst von der Absicht des Bauern, noch einen zweiten Hirtenbuben einzustellen. Schon gar nicht aus Saarbrücken. Das war doch weit weg, oder? Wie kam der denn hierher in den Schwarzwald?

»Ich bin mit dem Zug gekommen«, antwortete Felix, ohne dass Miggi die Frage ausgesprochen hätte. »Schon ganz früh am Morgen los und jetzt bin ich hier.«

»Du wirst dir die Kammer mit Miggi teilen«, sagte Anna. »Dein Bett habe ich schon bezogen.«

Noch eine Ankündigung, die Miggi nicht gerne hörte. Ab sofort hatte er also einen Zimmergenossen. Er dachte mit Grauen daran, dass das leidige Bettnässen wieder zurückgekehrt war, wenn auch nicht jede Nacht. Aber wenn er es richtig verstanden hatte, war er nicht mehr allein für das Vieh verantwortlich, und das war ja gar nicht so schlecht.

Gleich am nächsten Morgen ging es gemeinsam los. Felix hatte bereits im Stall mitgeholfen und sich sehr geschickt angestellt. Der Bauer hatte ihm gezeigt, wie man die Kühe losband, und scheinbar ohne Mühe oder Angst war Felix zwischen den Tieren umhergeturnt.

»Warst du schon mal Hirtenbub?«, fragte Miggi auf dem Weg nach oben. Er schaute zu, wie Felix gekonnt die Geißel schwang.

»Nö«, antwortete dieser, »aber ich wusste schon immer, dass mir das Freude machen würde.«

Felix war mit seinen dreizehn Jahren genauso alt wie Miggi, aber fast einen ganzen Kopf größer. Er hatte dichte dunkle Locken und aufgeweckte blaue Augen.

»Wohnst du auf dem Land?«, fragte Miggi weiter.

»Wieder falsch, ich komm direkt aus Saarbrücken. Das ist eine ziemlich große Stadt, würd ich mal sagen.«

»Ich komm auch aus der Stadt«, trumpfte Miggi auf, »aus Freiburg.«

Felix reagierte nicht. »Saarbrücken hat einen großen Fluss, die Saar«, fuhr er fort, »und ganz viele Bergwerke. Mein Vater war Bergmann.«

»Wieso war?« Miggis Neugier war größer als sein Ärger, auf diese Weise ignoriert worden zu sein.

»Jetzt ist er tot.« Felix sprach das so unbeteiligt aus, als berichtete er über den letzten Besuch bei der Oma.

»Heil Hitler!« Er streckte den rechten Arm aus und lachte. »Gleich am Anfang in Polen ist er gefallen.«

Miggi wunderte sich. Das schien Felix ja nicht sonderlich zu berühren. Er selbst mochte gar nicht daran denken, wie es seinem Vater gerade erging. Er hoffte nur inständig, dass dieser überhaupt noch lebte.

»Das ist doch nicht witzig«, meinte Miggi.

»Nein, ist es nicht, aber mein Vater war ziemlich streng und so«, erklärte Felix vermeintlich ungerührt. »Hat viel geschlagen.«

»Hast du noch Geschwister?«

»Nein, hab ich nicht. Gibt nur noch meine Mutter und mich.«

Sie waren auf der Weide angekommen und Felix sah sich um. »Nicht schlecht«, sagte er staunend, den Blick auf die umgebenden Berge gerichtet. »Es ist wirklich wunderschön hier.«

Miggis Neugier war noch nicht gestillt. »Warum bist du eigentlich hier? Wieso bist du ausgerechnet zum Nonnenfeldhof gekommen?«

»Also, meine Mutter kennt einen, dessen Bruder ist Priester hier im Schwarzwald. Und der kennt irgendwelche Bauern. Und die kennen den Wilhelm. So kam das.«

»Wieso bist du überhaupt weg?«

»Wir haben ständig Fliegeralarm und dann kommen sie auch und werfen ihre Bomben ab. Das war wirklich nicht mehr zum Aushalten, und da meinte meine Mutter, es wäre besser, wenn ich weggeh.«

»Und wo ist deine Mutter jetzt?«

Felix drehte sich zu Miggi um.

»Du bist aber ganz schön neugierig«, meinte er.

Damit war das Gespräch beendet.

Miggi musste mehr oder weniger neidlos anerkennen, dass Felix wirklich ein Naturtalent war, wenn es denn stimmte, dass er noch nie gehütet hatte. Er bewies ein gutes Auge und hatte es sofort heraus, wie man die Geißel am besten schwang, um sich bei den Tieren Respekt zu verschaffen. Miggi dachte an seine Anfänge zurück. Wie ängstlich er im Gegensatz zu Felix gewesen war! Dieser wirkte gänzlich unbekümmert und schien richtig Spaß an der Sache zu haben.

Mittags kam Felix auch schon mit zur Schule. Da sie gleich alt waren, ging er natürlich in die gleiche Klassenstufe wie Miggi. Auf dem Schulweg erklärte Miggi seinem neuen Kameraden ausführlich, was für eine Art Lehrer Herr Menzenfelder war und wie man sich am besten verhielt, um möglichst wenig Ärger zu bekommen.

Herr Menzenfelder nahm Felix' Anwesenheit gleichgültig zur Kenntnis und wurde erst aufmerksam, als er hörte, dass der Junge aus Saarbrücken kam.

»Das ist ja mal ganz was anderes hier«, meinte er.

Auch die Schulkameraden waren neugierig und umringten Felix in der Pause, um ihn auszufragen. Miggi stand daneben und war fast ein bisschen neidisch, dass ihm bei seiner Ankunft nicht so viel Aufmerksamkeit zuteil geworden war. Am Nachmittag gingen sie schnellen Schrittes wieder zum Nonnenfeldhof und fuhren gleich darauf mit dem Vieh aus.

»War doch ganz gut, die Schule«, meinte Felix, als sie oben auf dem großen Stein saßen.

»Wart's ab«, erwiderte Miggi. »Heute war der Menzenfelder harmlos. Der hat ja nicht einmal den Rohrstock gezückt. Das gibt es eigentlich gar nicht.«

Miggi dachte an den armen Tobias, der fast jeden Tag vom Lehrer eine gesetzt bekam. Gleichzeitig wunderte er sich über die Wirkung, die Felix offenbar so mühelos bei anderen erzielte. Alle waren ganz hingerissen von ihm. Wie machte er das bloß? Die Bewunderung hörte selbst bei den Bauersleuten nicht auf. Nach der Stallarbeit war Wilhelm voll des Lobes.

»Das gibt es gar nicht«, meinte er. »Der Bub kommt doch aus Saarbrücken. Aus der Stadt! Und kann so gut mit den Tieren.«

So ein Kompliment hatte Miggi nie gehört.

Felix war freundlich, verbindlich und konnte, wenn er wollte, anpacken. Es gab keinen Grund, sich über ihn zu beklagen. Auch als Zimmergenosse konnte man ihn gut ertragen, denn er bemühte sich, seine Sachen in Ordnung zu halten. Viel besaß er eh nicht. Gerade mal eine kurze Hose hatte er bei sich, und die trug er. Anna hatte nach einer abgetragenen Hose von einem ihrer Söhne gekramt und war fündig geworden. Markus' alte Stallhose war jetzt die neue von Felix. Auch mit weiteren Kleidungsstücken wie Hemd und Nachthemd wurde ihm ausgeholfen. Auch Felix besaß nur ein Paar Schuhe, das leidlich in Ordnung war, und ging fortan barfuß.

Bei einem ihrer Weidegänge trat sich Felix einen dicken Dorn tief in den Fuß. Seine Hornhaut war noch nicht so gut ausgebildet wie die von Miggi, und dieser konnte ihm den Schmerz gut nachfühlen. Felix humpelte auf die Weide hoch und biss die Zähne zusammen. Oben angekommen, setzte er sich auf den Findling, den die Hirtenbuben als Sitzplatz nutzten, und streckte den verletzten Fuß weit von sich. Miggi betrachtete interessiert die Fußsohle. Neben zahlreichen Geschwüren auf der noch weichen Haut entdeckte er sofort die Ursache der Schmerzen.

»Da ist ein Dorn drin. Sieht ziemlich tief aus. Soll ich mal?«

»Ja ja, nur zu.«

Miggi ergriff den Dorn mit Daumen und Zeigefinger und zog. Felix zuckte zusammen und stieß einen leisen Schrei aus.

»Autsch! Das tut echt weh. Sei vorsichtig!«

»Hat sich nicht bewegt«, stellte Miggi fest. Er probierte es nochmal.

Instinktiv zog Felix den Fuß weg.

»Ist echt schmerzhaft.«

»Ich kann's mit dem Messer versuchen«, bot Miggi an und zückte das Geschenk seines Vaters. Erst gestern hatte er es auf dem Hof am Schleifstein frisch geschliffen.

»Wenn's unbedingt sein muss«, presste Felix hervor.

Miggi setzte das Messer an und machte einen kleinen Schnitt direkt neben dem Dorn. Dann ergriff er ihn erneut und zog. Felix brüllte vor Schmerz, aber Miggi ließ nicht locker, bis er das Stück endlich stolz in die Luft strecken konnte.

»Hier ist es! Ganz schön groß!«

Aus der Wunde an Felix' Fuß lief Blut.

»Hast du ein Taschentuch oder so etwas?«, fragte er Miggi.

Miggi griff in seine Taschen, die leer waren.

»Nein, ich habe nichts.«

Er ging in das Waldstück hinein und kam mit einer Handvoll Blätter zurück.

»Was anderes hab ich nicht gefunden.«

Felix drückte die Blätter fest auf die Wunde. Nach einer Weile ließ die Blutung nach. Aber er hatte große Schmerzen und verließ seinen Platz den ganzen Vormittag nicht. Stattdessen übernahm Miggi das Laufen und hielt die Herde zusammen.

Als es Zeit war, wieder einzufahren, bewegte sich Felix nur humpelnd vorwärts. Er schien ordentliche Schmerzen zu haben. Nur mit Mühe schaffte er es auf den Hof. Anna schaute sich die Wunde an, reinigte sie und schickte Mina los, etwas Spitzwegerich zu sammeln. Als das Mädchen zurückgekehrt war, zerrieb Anna einige Blätter in einem Mörser und trug das Mus auf die Wunde auf. Aus der Truhe holte Mina ein frisches weißes Taschentuch, das um den Fuß gewickelt wurde.

»Du hütest heute nicht mehr, sondern bleibst in der Stube und legst die Füße hoch, sonst gibt es noch eine Entzündung«, sagte Anna. »Morgen wird es schon viel besser sein.«

Felix schaute hochzufrieden drein, und Miggi machte sich allein auf den Schulweg und später allein auf die Weide.

Am nächsten Morgen konnte Felix immer noch nicht auftreten. Die Wunde sah nicht gut aus, befand Anna, und verordnete einen weiteren Tag Bettruhe. Miggi war enttäuscht, denn nun musste er ein weiteres Mal allein hüten, was ja viel mehr Arbeit als sonst bedeutete. Wenn sie zu zweit waren, konnte man Beeren und Pilze sammeln oder sogar ein bisschen für die Schule lesen. Am liebsten aber schnitzte Miggi. Stundenlang konnte er sich damit beschäftigen, herumliegende Hölzer zu bearbeiten. Waren es am Anfang nur Speere, die er herstellte, schnitzte er inzwischen richtige Figuren.

Daraus wurde heute nichts. Missmutig fuhr Miggi aus, denn zu allem Überfluss hatte es auch noch zu regnen begonnen. Das ärgerte auch die Bauern, denn die Heuernte stand vor der Tür.

Miggi hatte einen Kartoffelsack als Regenschutz dabei, aber spürte schon bald die Nässe durchkriechen, zu stark waren die Tropfen. Er nahm den Sack und legte ihn wie ein Dach auf den kleinen Unterstand, den Markus und er einst gebaut hatten. Inzwischen hatte Miggi viel Zeit damit zugebracht, den Unterstand auszubessern, der nun schon den dritten Sommer seine Dienste tat. Mit dem Sack obendrüber war er so gut wie dicht, und Miggi kauerte sich hinein. Griesgrämig betrachtete er die Kühe. Er hätte nichts dagegen gehabt, mit Felix zu tauschen. Auch Miggi trat sich ständig etwas in die Füße, aber eine solche

Verletzung wie Felix hatte er noch nie. Da war nicht viel Aufhebens drum gemacht worden.

Felix hat irgendwie immer Glück, dachte Miggi. In seinem Kopf hörte er den Jungen lachen und sagen: »Felix, das bedeutet der Glückliche.«

Der Regen wollte nicht aufhören, und Miggi war bis auf die Haut durchnässt, als er mittags wieder auf dem Nonnenfeldhof ankam.

Es dauerte noch vier weitere Tage, bis die Wunde einigermaßen verheilt war und Felix wieder richtig auftreten konnte. Von da an fuhr er wieder mit aus, und es schien fast, als wäre ihm die tatenlos auf dem Hof verbrachte Zeit mittlerweile selbst zu lang geworden.

Auf der Weide rannte er rastlos hin und her und trieb Schabernack mit einem jungen Bullen. Felix stellte sich direkt vor das Tier und packte dessen Hörner. Miggi schaute fassungslos zu, wie der Bulle den Kopf hob und Felix einen Moment lang in der Luft schwebte. Brav setzte das Tier den Jungen wieder ab und ließ sich eine Weile von ihm beschmusen, bis es dem Bullen zu viel wurde und er sich wieder dem Fressen zuwandte.

XVII.

Auf dem Weg zur Schule passierten sie am Ortseingang von Gibach linker Hand den Peterhof. Sie hatten das Gehöft schon fast hinter sich gelassen, als sich knarzend eine Tür öffnete.

»Felix, Michael! Anhalten!«, brüllte eine altvertraute Stimme. Die beiden Jungen blieben stehen und drehten sich um. Vor der Tür stand Herr Menzenfelder, an dessen Kinn noch die Reste eines Mittagessens zu erkennen waren.

»Ich habe hier meine Tasche«, erklärte der Lehrer, »nehmt sie bitte mit ins Schulhaus.«

»Aber selbstverständlich, Herr Menzenfelder. Das machen wir sehr gerne«, beeilte sich Felix höflich zu antworten.

»Sehr schön.« Herr Menzenfelder drückte ihm eine schwere Ledertasche in die Hand. »Und vorsichtig, wenn ich bitten darf.«

»Selbstverständlich, Herr Menzenfelder. Bis gleich«, antwortete Felix.

Herr Menzenfelder schaute zufrieden und wandte sich Richtung Bauernhaus.

Felix schleppte die Tasche etwa hundert Meter weit, bis der Peterhof ganz sicher außer Sichtweite war. Dann drückte er sie dem überraschten Miggi in den Arm.

»Da, ganz schön schwer. Jetzt bist du dran.«

Miggi hatte das Gefühl, einen Haufen Steine in Empfang zu nehmen.

»Mann, was ist da denn drin?«

Sie hielten an, um nachzuschauen. Die Tasche war randvoll mit Essen.

»Speck und Eier bringen Einsen und Zweier«, grinste Felix. Der Sohn vom Peterhof, Thomas, ging in dieselbe Klasse wie Dorothea.

»Jetzt bist du wieder dran«, sagte Miggi, nachdem sie ein paar Meter weitergegangen waren.

»Nö, ich mag nicht. Ist mir zu schwer«, wiegelte Felix ab.

»He, komm, wir tragen sie abwechselnd.«

»Wir könnten sie auch da in die Hecke werfen«, schlug Felix vor.

»Bist du verrückt, was soll das denn bringen?«

»Warum nicht? Dann müssen wir sie nicht schleppen.«

»Quatsch. Du spinnst.«

»Du traust dich sowieso nicht«, stichelte Felix.

»Wozu auch? Du vielleicht?«

»Klar, aber du traust dich nicht, du bist feige.«

»Natürlich trau ich mich!«

Ehe er sich's versah, hatte Miggi die Tasche im hohen Bogen in die Hecke am Wegrand geworfen. Schon einen Moment später fragte er sich, wozu er sich hatte hinreißen lassen.

»Respekt!« Felix lachte sich schier kaputt.

»Michael Schocher!«, brüllte es plötzlich hinter ihren Rücken. Schnellen Schrittes näherte sich Herr Menzenfelder den beiden Buben. Felix fischte eilig die Tasche des Lehrers aus der Hecke.

»Das wird Konsequenzen haben, Schocher«, bellte dieser Miggi an, schnappte seine Tasche und zog in Richtung Schule davon.

Miggi wurde angst und bange. Was hatte er nur getan? Mit schlimmsten Vorahnungen betrat er das Schulhaus, während sich Felix neben ihm vor Lachen nicht mehr halten konnte und die Geschichte jedem, der sie hören wollte, erzählte. Bald lachte die ganze Klasse über Miggi.

Herr Menzenfelder ließ sich während des ganzen Unterrichts nichts anmerken. Er ging über Miggis verzweifelte Bemühungen, sich bei jeder Frage zu melden, hinweg und missachtete ihn völlig. Nach der letzten Stunde wurde Miggi ans Lehrerpult gerufen.

»Ich seh dich gleich oben im Lehrerzimmer«, sagte Herr Menzenfelder. Und zu Felix gewandt, der mit nach vorn gekommen war: »Schleich dich!«

Das ließ sich Felix nicht zweimal sagen und machte sich ohne Miggi auf den Heimweg. Miggi blieb zurück und stieg die schmale Treppe hinauf, die ins Obergeschoss des kleinen Schulgebäudes führte, als wären es die Stufen zum Schafott. Offensichtlich ging es Herrn Menzenfelder, der vorausgegangen war, nicht schnell genug, denn kurz vorm Treppenabsatz griff er nach Miggis Wangen, kniff kräftig zu, drehte sie um und zog den Jungen daran so heftig die Stiege hoch, dass Miggi fast den Halt unter den Füßen verlor und die letzten Stufen gerade so hochstolperte.

»Vorbeugen«, befahl Herr Menzenfelder, als sie im Lehrerzimmer angelangt waren, und wies zu dem Schreibtisch herüber, der in einer Ecke des Raumes stand.

Miggi bückte sich und hielt sich an der Schreibtischkante fest. Herr Menzenfelder griff nach seinem Rohrstock.

Miggi wusste nicht, wie viel Hiebe er hatte einstecken müssen, als Herr Menzenfelder schließlich von ihm ließ. Sein Hintern und sein Rücken schmerzten wie verrückt.

»Und am Montag, Michael«, zischte Herr Menzenfelder, »machen wir weiter.«

Dann schubste er ihn weg.

Geschlagen im wahrsten Sinne des Wortes trat Miggi den Weg zum Nonnenfeldhof an. Sein ganzer Körper tat so weh, dass er kaum laufen konnte. Vor allem seine Wangen brannten.

Als Miggi auf dem Hof ankam, hatte Felix seine Version der Geschichte bereits jedem erzählt. Anna und Wilhelm blickten den Heimkehrer vorwurfsvoll an.

»Was fällt dir ein, dich so rücksichtslos gegenüber Herrn Menzenfelder zu verhalten? Er mag ein schwieriger Mensch sein, aber das gibt dir nicht das Recht, die Sachen anderer Leute ins Gebüsch zu werfen. Das hätten wir nie von dir erwartet.« Wilhelm blickte seinen Zögling streng an. »Du hast uns sehr enttäuscht, Miggi.«

Widerspruch erschien zwecklos. Miggi lugte an Wilhelm vorbei zu Felix hinüber. Dieser stand wie ein Unschuldslamm da und schwieg. Miggi hasste ihn.

Die Bauern waren von seiner Schuld überzeugt und schonten ihn nicht. Obwohl ihm alles schmerzte, musste er auf die Weide. Zusammen mit Felix, der sich mit seinem Spott nicht zurückhielt.

»Wie der Menzenfelder geschaut hat, Miggi, das war sensationell«, lachte er.

Miggi überlegte, wie er Felix am besten umbringen könnte. Sollte er ihn mit einem Ast erschlagen oder lieber mit seinem Messer erstechen? Wütend ging er ein paar Schritte schneller, was nur noch mehr Schmerzen nach sich zog.

Felix lief hinterdrein und hörte nicht auf zu reden. Unter größter Willensanstrengung gelang es Miggi, ihn nicht umzubringen, sondern nur zu ignorieren. Das ganze Wochenende sprach er nicht ein Wort mit Felix und würdigte ihn keines Blickes.

Am schlimmsten waren die Schmerzen im Kiefer. Jede Bewegung, sei es beim Sprechen oder Kauen, war für Miggi eine Qual. Er fühlte sich so hundeelend, dass er fast ganz auf das Essen verzichtete. Nur die Suppe konnte er problemlos löffeln, alles andere war schwierig.

Nicht nur seine Schmerzen bereiteten Miggi Probleme. Dazu machte er sich das ganze Wochenende Gedanken, was ihn am Montag in der Schule erwarten würde. In der Nacht auf Montag wachte er schweißgebadet auf und am Morgen war das Bett eingenässt. Felix war zu seinem eigenen Glück klug genug, dieses Vorkommnis nicht zu kommentieren.

Mit blau angelaufenen Wangen lief Miggi am Montagmittag zur Schule, immer zehn Meter vor Felix, damit er dessen Gesicht nicht sehen musste.

Gleich nachdem Herr Menzenfelder den Klassenraum betreten hatte, stellte er Miggi ohne Umschweife in die Ecke, mit dem Gesicht zur Wand. Vier lange Unterrichtsstunden musste dieser dort stehend ausharren. Als die Schule endlich vorüber war, stand Miggi kurz davor, zusammenzubrechen.

Felix entschuldigte sich nie. Er saß die Sache aus und wartete, bis Miggis Ärger verraucht war. Nach zwei langen Wochen hatte Miggi fast keine Schmerzen mehr. Er sprach wieder das Nötigste mit Felix, nahm sich aber vor, so wenig wie möglich mit ihm zu tun zu haben. Das war natürlich schwierig, wenn man sich eine Schlafkammer teilte und jeden Tag gemeinsam mit dem Vieh ausfuhr und zur Schule ging.

XVIII.

Anfang November fuhr Miggi für ein Wochenende nach Freiburg. Es war seit Monaten das erste Mal. Den ganzen Sommer über war er kein einziges Mal dort gewesen, aber er hatte einige Briefe von seiner Mutter erhalten und selbst auch geschrieben. Wie immer hatte er einen Sack voller Lebensmittel dabei, die sehnlichst erwartet wurden. Sehnlicher als ich, dachte Miggi, der sich mittlerweile noch fremder in der Klarastraße vorkam als zuvor schon.

Johann lernte gerade laufen. An der Hand von Klaus stakste er durch die Wohnung und lachte. Die Mutter sah abgemagert und abgearbeitet aus. Miggi merkte auch, dass Irmi für einen großen Teil des Haushaltes verantwortlich war. Vom Vater hatten alle schon mehrere Wochen nichts mehr gehört, und wenn es die Mutter beunruhigte, ließ sie es sich vor den Kindern nicht anmerken.

Miggi stieg die Treppen hinab zu seinen Freunden. Mit Christian fühlte es sich an wie früher, fand Miggi. Sie alberten herum, bis das Türschloss ging und ein fremder Mann in die Wohnung kam und grüßte. Ihm fehlte der linke Arm.

»Guten Tag, Ernst«, antwortete Christian. »Die Mutter ist noch nicht zurück.«

Ernst murmelte etwas und verschwand im Wohnzimmer.

»Wer ist das denn?«, fragte Miggi erstaunt.

»Freund meiner Mutter«, antwortete Christian. »Die will ja nicht allein sein.«

Miggi schaute ungläubig.

»Er ist ganz in Ordnung. Lässt uns in Ruhe. Der Vater kommt ja eh nicht zurück. Was soll man also machen?« Christian lächelte schief und stand auf. »Komm, wir gehen lieber ein bisschen raus, da haben wir unsere Ruhe.«

Mit gemischten Gefühlen fuhr Miggi zurück zum Nonnenfeldhof. Seine gewohnte Umgebung hatte sich verändert. Und ganz Freiburg wirkte ärmlich und nervös. Mit der Essensversorgung war es noch schwieriger geworden, was Miggi auch daran erkannt hatte, dass seine Mutter und seine Geschwister ganz hager geworden waren. Nachdem es ein paarmal kleinere Luftangriffe gegeben hatte, hatten alle nun außerdem Angst, dass Schlimmeres auf sie zukommen würde. Die Mutter hatte nichts gesagt, aber Christian hatte Miggi alles in Ausführlichkeit geschildert.

Wie beschaulich war es da im Schwarzwald.

Am siebenundzwanzigsten November 1944 gab es am Abend außergewöhnliche Lichterscheinungen am Himmel. Das Phänomen war so ungewöhnlich, dass es alle nach draußen zog. Ganz hell-orange leuchtete der Himmel im Westen, es war ein noch nie dagewesenes Spektakel.

»Die Sonne kann es ja nicht sein«, meinte Mina.

»Das ist ein Fliegerangriff«, rief Felix aufgeregt. »Das kenn ich aus Saarbrücken!«

»Ja, das wird Freiburg sein«, brummte Wilhelm. »Da fallen Bomben auf Freiburg.«

Miggi starrte wie gelähmt auf den hell erleuchteten Himmel und fragte sich bang, wie es jetzt wohl seiner Familie erging.

Am nächsten Morgen zog Wilhelm Miggi zur Seite.

»Freiburg ist tatsächlich bombardiert worden«, sagte er besorgt. »Es war wohl schlimm. Was genau passiert ist, kann ich nicht sagen.«

Miggi schaute den Bauern mit großen Augen an. Dann fasste er einen Entschluss.

»Ich muss hin«, rief er, »sofort.«

»Ja, das verstehe ich«, antwortete Wilhelm. »Aber ich kann dir nicht mal sagen, ob überhaupt ein Zug fährt.«

»Wie komm ich da jetzt hin?«, fragte Miggi verzweifelt, »ich muss doch sehen, wie es meiner Familie geht!«

»Ich sprech mit dem Haberer in Hinterzarten. Der hat ein Auto. Vielleicht fährt er nach Freiburg und nimmt dich mit. Er hat ja selbst Verwandtschaft dort«, meinte Wilhelm. »Aber heute klappt es bestimmt nicht mehr.«

Miggi konnte die ganze Nacht nicht schlafen.

Der Bauer hielt Wort, und so erfuhr Miggi am nächsten Morgen, dass er tatsächlich mit dem Haberer im Auto mitfahren konnte.

Miggi hatte noch nicht oft in einem solchen Gefährt gesessen, und doch konnte er dieses Erlebnis nicht genießen, zu sehr trieb ihn die Sorge um seine Mutter und Geschwister um.

Sie näherten sich Freiburg über die Schwarzwaldstraße. Miggi packte die Panik, als er sah, dass Freiburg in eine Aschewolke gehüllt war. Kurz nachdem sie die Stadtgrenze passiert hatten, hielt der Haberer an.

»Ich muss jetzt links in die Wiehre zu meiner Schwester. Kann ich dich hier rauslassen?«

Miggi nickte.

»Um fünf Uhr treffen wir uns hier auf der anderen Seite und fahren wieder hoch. Wenn du nicht pünktlich bist, fahr ich ohne dich. Verstanden?«

»Verstanden«, sagte Miggi und öffnete die Wagentür.

Miggi lief auf die Schwabentorbrücke zu und traute seinen Augen nicht. Überall qualmender Schutt und Asche. Nur der Turm des Münsters ragte nach wie vor stolz in den Himmel. Das Münster hatte den Angriff also überstanden!

Miggi entschied, entlang der Dreisam bis zum Stühlinger zu laufen. Hier schien wenigstens der Weg noch frei zu sein. An der Ochsenbrücke bog er in die Eschholzstraße ein und bekam es mit der Angst zu tun. Überall klafften Lücken in den Häuserreihen, alles war von Trümmern übersät. Auf Schuttbergen kletterten Frauen und Kinder auf der Suche nach ihrem Hab und Gut herum. Die Straße war nicht befahrbar. Ob sein Elternhaus in der Klarastraße noch stand? Das Herz schlug Miggi bis zum Hals. Er rannte immer schneller.

Seine Schule stand noch, genauso wie die Herz-Jesu-Kirche, aber auf der gegenüberliegenden Seite der Eschholzstraße gab es fast kein Haus mehr. An der Wannerstraße bog Miggi rechts ab und dann in die zweite Straße links.

Am Anfang der Klarastraße fiel Miggis Blick als Erstes auf den Trümmerhaufen, der einst das Eckhaus gewesen war. Miggi rannte panisch weiter, bis er sein Elternhaus erreichte. Es sah fast aus wie immer, nur waren alle Fensterscheiben kaputt. Erleichtert blieb Miggi stehen und schnappte nach Luft. Er blickte nach oben zur Wohnung seiner Familie und sah, dass auch dort keine Scheiben mehr in den Fenstern waren. Aber das Dach war noch da.

Dieser Teil der Straße hatte wohl Glück gehabt, denn er sah, dass weiter hinten Häuser getroffen und nur noch ein Haufen Schutt waren. Ein Haus stand noch, aber es fehlte die komplette Vorderseite, so dass er in die Wohnungen hineinschauen konnte.

Miggi öffnete die Haustür. Das ganze Treppenhaus war mit Asche bedeckt. Wie konnte das sein? Er rannte hoch.

Seine Mutter, Johann auf dem Arm, öffnete die Wohnungstüre.

»Miggi!« Sie drückte ihren Ältesten ganz fest an sich. »Oh Miggi, dir geht es gut, Gott sei Dank!«

»Wie geht es euch?«, fragte Miggi zurück.

»Wir haben Glück gehabt, Miggi. Großes Glück. Ein paar Häuser weiter, dann wären wir jetzt nicht hier …«

Die Wohnung sah halbwegs ordentlich aus, aber es zog und war kalt, da kein einziges Fenster die Bombardierung heil überstanden hatte.

Vorsichtig öffnete sich die Tür zum Kinderzimmer, und Miggis Geschwister kamen heraus – erstaunlich ruhig diesmal, ohne das sonst übliche laute Hallo. Sie sahen ganz verstört aus.

Die Mutter weinte und sagte nichts mehr. Das Sprechen übernahm Irmi.

»Wir saßen unten im Keller und gekracht hat es die ganze Zeit. So schlimm. Ich hab noch nie so Angst gehabt.«

»Ich auch nicht«, vermeldete Klaus.

Irmi warf sich an Miggis Hals und fing an zu weinen. Auch Klaus und Hannelore drängten sich an den großen Bruder, als würden sie Schutz bei ihm suchen.

Miggi wusste nicht, was er tun sollte, zu unwirklich erschien ihm die ganze Szene. Seine Geschwister hingen an ihm und heulten. Miggi löste sich vorsichtig aus ihrer Umklammerung und ging in die Küche ans Fenster. Die Wohnung lag im vierten Stock, und so konnte er fast auf ganz Freiburg schauen. Was er sah, erschreckte ihn. Von oben sah es noch viel schlimmer aus als von unten, als er durch die Straßen gerannt war. Der Bahnhof war nicht mehr da. Richtung Altstadt sah er nur Trümmer. Nur das Münster stand nach wie vor erhaben und trotzig da. Miggi lehnte sich ein Stück nach vorne aus dem Fenster und schaute nach links. Tatsächlich, nur wenige Meter vom Haus seiner Eltern entfernt klafften ebenfalls große Einschlagskrater. Miggi lief zur anderen Seite der Wohnung, um dort aus dem Fenster zu sehen. Vom Kinderzimmer aus blickte man nach Westen. Miggi konnte erkennen, dass sogar die Universitätsklinik Schäden davongetragen hatte.

Was für ein Glück hatten die Schochers gehabt! Dankbar, dass ihnen nichts passiert war, konnte Miggi sich wieder auf den Weg in den Schwarzwald machen. Pünktlich erschien er am Treffpunkt und fuhr mit einem ebenfalls geschockten Haberer zurück. Der Haberer war so nett, ihn direkt zum Hof zu fahren, sonst hätte er durch die Dunkelheit laufen müssen. Auf dem Hof warteten alle gespannt auf seinen Bericht.

Im Dezember lag eine hohe Schneedecke über dem Schwarzwald, und Felix und Miggi durften mit dem Schlitten zur Schule hinabsausen. Es war noch dunkel, wenn sie sich am Morgen auf den Weg machten, aber die Gasse ins Dorf hinunter kannten sie mittlerweile so gut, dass sie unfallfrei am Schulhaus ankamen. Beide waren jetzt in der achten Klasse, es war ihr letztes Schuljahr. Miggi würde im Januar vierzehn Jahre alt werden. Im nächsten Sommer sollten sie ihren Abschluss machen.

Doch als die Jungen eines Morgens an der Schule ankamen, sah alles ganz anders aus. Die Tür war verschlossen und Herr Menzenfelder hatte ein Schild herausgehängt: »Bis auf Weiteres keine Schule!«

»Prima«, befand Felix, »ich hatte heute sowieso überhaupt keine Lust.«

Miggi starrte auf das Schild.

»Wir müssen doch Unterricht haben, wenn wir den Abschluss bekommen wollen.«

»Streber«, entgegnete Felix spöttisch.

Immer mehr Schüler kamen und diskutierten, warum die Schule wohl geschlossen war. Die meisten nahmen die Nachricht begeistert auf.

Im Haus gegenüber wurde ein Fenster geöffnet.

»Ihr könnt verschwinden«, rief die Nachbarin, »da kommt ein Lazarett rein.«

Auf diese Nachricht hin wandten sich die meisten Schüler um und liefen zurück nach Hause.

»Komm, Miggi, oben wissen sie's ja nicht, da können wir jetzt noch ein bisschen hierbleiben und uns amüsieren«, schlug Felix vor.

Miggi hatte keine Lust, seine Zeit mit Felix zu verbringen. Der war ihm einfach nicht geheuer, und außerdem war es kalt.

»Mach, was du willst, ich geh zum Hof«, sagte er, nahm seinen Schlitten und machte sich auf den Rückweg.

Seit der Bombardierung Freiburgs war Miggi beunruhigt, wenn er an seine Familie dachte. Es gab noch weitere Luftangriffe, die sie auch oben im Schwarzwald mitbekamen. Miggi wusste nicht recht, wie er sich verhalten sollte. Der Bauer versuchte, ihn auf dem Hof zu halten, und riet von einer Rückkehr ins zerstörte Freiburg ab. Kurz vor Weihnachten kam ein Brief der Mutter an, der Miggis Zweifel zerstreute.

Lieber Miggi, ich hoffe, es geht dir gut. Hier in Freiburg ist es zu gefährlich für uns geworden. Wir werden alle zu Vaters Familie nach Buchenbach gehen, bis sich die Lage wieder beruhigt hat. Gott sei Dank bist du auf dem Nonnenfeldhof gut aufgehoben und sicher. Bitte bleibe dort bis auf Weite-

res. Wir vermissen dich alle, aber die Zeiten lassen anderes nicht zu. In Liebe, deine Mama.

Nach Buchenbach waren sie also gegangen. Dort lebten seine Großeltern in einem winzigen Haus, das eigentlich viel zu wenig Platz für eine große Familie bot. Miggi wusste nicht, ob er froh sein oder sich ausgeschlossen fühlen sollte. Einerseits war seine Familie nun in Sicherheit, andererseits sollte er als Einziger nicht zu ihnen stoßen. Eigentlich lebten sie ja jetzt näher bei ihm als in Freiburg. Vielleicht könnten sie sich öfter sehen?

Auch dieses Jahr blieb Miggi über Weihnachten auf dem Nonnenfeldhof, ohne seine Familie zu sehen, genau wie Felix. Felix hatte sich nur vage dazu geäußert, wo sich seine Mutter aufhielt: »Nicht mehr in Saarbrücken.« Mehr wollte er nicht sagen. Cédric und Tadeusz mussten in der Baracke bleiben.

Mina hatte beiden Hirtenbuben Mützen gestrickt. Miggi bekam dazu noch ein benutztes Paar Schuhe, das aber immerhin groß genug für seine Füße war. In letzter Zeit hatte er sich immer in die zu engen Schuhe gequält und lauter unangenehme Blasen davon bekommen, deswegen war er über das Geschenk sehr dankbar. Gemeinsam saßen sie in der Stube und dachten an Egon, Matthias, Gerion und Miggis Vater, die irgendwo im Krieg waren und von denen man kaum etwas hörte. Hans Schocher hatte noch im Oktober aus Bessarabien geschrieben – Miggi hatte nicht die geringste Vorstellung, wo das überhaupt lag. Es schien ihm den Umständen entsprechend gut zu gehen.

Und so waren es stille, nachdenkliche Weihnachtstage auf dem Nonnenfeldhof und jeder war froh, als diese Zeit vorüber war und das neue Jahr begann.

1945

XIX.

Im Februar 1945 trat ein, was Anna und Wilhelm am meisten gefürchtet hatten: Auch ihr dritter Sohn wurde eingezogen. Markus, der nun achtzehn Jahre alt war, musste in den Krieg ziehen.

Scheinbar ungerührt nahm er sein Schicksal hin.

»Ich hoff nur, dass der Egon oder der Matthias bald wiederkommen, dass es für die Eltern nicht so hart ist«, vertraute er Miggi an.

Egon schrieb nach wie vor regelmäßig Briefe aus Norwegen, von Matthias jedoch hatten sie schon lange nichts mehr gehört.

Miggi fühlte sich von Markus' Weggang persönlich betroffen. Der Ältere war wie ein großer Bruder für ihn geworden, immer freundlich, aber bestimmt, und hatte Miggi viel beigebracht. Und er war eine ehrliche Haut und nicht so hintertrieben wie Felix.

Anna und Wilhelm waren untröstlich, wenngleich sie versuchten, sich nichts anmerken zu lassen. Auch Mina blickte traurig und Dorothea wollte ihren großen Bruder gar nicht mehr loslassen, als der Abschied kam. Zurück blieb die Bauersfamilie mit ihren zwei Hirtenbuben und zwei Zwangsarbeitern.

Wer sollte Tadeusz, Cédric und den Arbeiter vom Schindelmaierhof, Piotr, nun abends in die Baracke bringen, da Markus nicht mehr da war? Der Bauer mochte mit seinem Holzbein nicht so weit laufen, also musste es wohl oder übel einer der Hirtenbuben sein.

Noch bevor Miggi den Mund geöffnet hatte, hatte Felix bereits erklärt, diese Aufgabe übernehmen zu wollen – »liebend gern«, wie er sagte. Fortan war also Felix für die Begleitung der Fremdarbeiter zuständig, und er schien sich darüber richtig zu freuen. Selbst die Dunkelheit und der Schnee schienen ihn nicht abzuschrecken.

Miggi war froh, dass er nicht die Strecke laufen musste, fragte sich aber doch, warum Felix so wild darauf war. Nach ein paar Wochen lief er den Vieren einmal ein Stück weit hinterher und bekam mit, wie Felix mit Cédric scherzte und lachte.

Miggi wunderte sich. Cédric sprach sonst so gut wie kein Wort, und keiner wusste, wie gut sein Deutsch überhaupt war. Und jetzt machte er mit Felix zusammen Scherze? Sehr sonderbar. Miggi berichtete Mina von seiner Entdeckung. Sie zuckte nur mit den Achseln.

»Man kann ja auch nur mit Händen und Füßen reden«, meinte sie, »das tun wir doch auch mit den beiden.«

»Aber Cédric sagt sonst nie was«, entgegnete Miggi.

»Ja, vielleicht hat Felix da auf den richtigen Knopf gedrückt. Charme hat er ja.«

Dazu hatte Miggi eine geteilte Meinung. Die Sache mit der Tasche von Herrn Menzenfelder hatte er nicht vergessen.

»Der Cédric versteht uns doch und sagt aber nichts. Glaubst du nicht auch?«

»Ich weiß es nicht«, antwortete Mina. »Manchmal denk ich das auch und manchmal nicht. Hauptsach', er arbeitet gut, würd' der Vater jetzt sagen.«

War es der Neid, die Neugier oder das Gefühl, ausgeschlossen zu sein? Miggi setzte alles dran, die beiden Zwangsarbeiter auch einmal ins Dorf bringen zu dürfen. So hartnäckig fragte er beim Bauern nach, dass dieser irgendwann nachgab.

»Von mir aus, Miggi, dann gehst eben du heut' nach unten.«

Felix schaute böse, sagte aber nichts.

Am Abend setzten sich die drei in Bewegung. Cédric schwieg wie immer und schaute stur geradeaus, Tadeusz wirkte verunsichert. In dieser seltsamen Stimmung holten sie Piotr ab, der ebenfalls beharrlich schwieg, und erreichten nach zwanzig Minuten die Baracke.

»Bis morgen, Miggi«, sagte Tadeusz.

»Ja, bis morgen.«

Cédric sagte nichts.

Vor der Baracke stand ein bewaffneter Aufseher in Uniform. Die Tür war so niedrig, dass der hochgewachsene Cédric sich ordentlich bücken musste, um hineinzugelangen. An der Schwelle versetzte der Aufseher ihm mit dem Gewehrkolben einen so heftigen Schlag in den Rücken, dass Miggi allein vom Hinschauen die Luft wegblieb. Auch Tadeusz und Piotr erhielten einen Stoß, bevor sie im Innern des Gebäudes verschwanden.

»Na, bist du jetzt zufrieden?«, fragte Felix später. »Hast du jetzt genug gesehen?«

Miggi antwortete nicht. Er verstand immer noch nicht, warum Felix so erpicht auf den abendlichen Gang ins Dorf war.

Im März schickte Anna Miggi mit einem Sack zum Nachbarn, dem Schindelmaierhof. Sie hatte Brot gebacken und der Schindelmaierin ein paar Laibe versprochen. Im Gegenzug sollte Miggi einen Topf Schmalz mitbringen. So war es abgemacht.

Nach wenigen Minuten erreichte Miggi den Hof, der wie der Nonnenfeldhof groß und mächtig wirkte. Aber ganz so freundlich wie auf dem Nonnenfeldhof ging es hier nicht zu, das hatte Miggi schon selbst erlebt, und auch Felix hatte davon berichtet. Auf Miggis Klopfen öffnete die Schindelmaierin wortlos die Tür. Sie schlurfte voran in die schwarze Küche, nahm dort das Brot in Empfang und drückte Miggi das Schmalz in die Hand.

»Das Häfele bringt ihr aber bald zurück«, mahnte die alte Bäuerin grantelig, »nicht, dass es verloren geht.«

»Ja sicher, das mache ich«, antwortete Miggi. Er wollte am liebsten gleich wieder raus.

Vor dem Hof traf er auf Piotr.

»Miggi, wie geht es dir?«, fragte dieser freundlich.

Miggi blieb stehen und wechselte ein paar Worte mit dem Polen, der mittlerweile recht gut Deutsch sprach. Plötzlich stand der Schindelmaierbauer vor ihnen, eine Geißel in seiner rechten Hand.

»Ich habe dir gesagt, du sollst schaffen und nicht faul rumstehen«, fauchte er Piotr an. Im selben Moment schwang er die Geißel. Miggi wich instinktiv zurück, war aber auch nicht das Ziel gewesen. Piotr gab einen Zischlaut von sich, als der Riemen mit einem lauten Knall auf seinen Oberschenkel niederfuhr.

»Mach dich an die Arbeit, du Polackensau«, brüllte der Schindelmaier. »Und du verschwindest«, befahl er Miggi.

Das ließ sich dieser nicht zweimal sagen. Eilig rannte er zum Nonnenfeldhof zurück. Es stimmte also, was alle sagten: Der Schindelmaier war ein brutaler Mann, der seinen Zwangsarbeiter wie Vieh behandelte.

XX.

Anfang April war aller Schnee geschmolzen und das Wetter so stabil, dass es schon wieder hinaus auf die Weide ging. Die Kühe und Ziegen sprangen übermütig herum, und Felix und Miggi hatten Mühe, sie zusammenzuhalten. Nach einer Weile wurden die Tiere ruhiger, und Miggi begann mit den Instandsetzungsarbeiten an seinem kleinen Unterstand. Der harte Winter hatte dem Bauwerk arg zugesetzt, und so war Miggi gut beschäftigt. Felix stand daneben, betrachtete halb das Vieh, halb Miggi und kommentierte dessen Bemühungen.

»Willst du nicht dort an der Ecke noch einen Ast einfügen? Und schau mal dort, da ist ja ein ganz schön großes Loch.«

Sei doch endlich still, dachte Miggi bei sich. Plötzlich hörten sie ein lautes Knacksen. Aus der Ferne drang Stimmengewirr. Die beiden Jungen blickten auf und schauten sich verängstigt an.

»Wir sollten uns besser verstecken«, meinte Felix. »Das hört sich an wie eine ganze Armee!«

»Wo sollen wir denn hin?«

»Gleich hier in den Unterstand!«

Und so kauerten sich beide in den kleinen Unterstand. Die Jungen hielten den Atem an, während ganz in ihrer Nähe Stimmen, Schritte und Motorengeräusche vorbeizogen. Es schepperte, klirrte und trampelte. Fahrzeuge passierten.

Erst als der Trupp nicht mehr zu hören war, trauten sie sich aus ihrem Versteck und sahen sich um.

»Nichts zu sehen«, meinte Miggi.

»Ich schau mal nach«, sagte Felix. »Ich geh da mal hoch.«

Er setzte sich gleich in Bewegung.

»Spinnst du?«

»Ich will doch bloß mal gucken«, erwiderte Felix und war schon verschwunden.

Typisch Felix, dachte Miggi wütend. Lässt mich hier wieder allein mit den Tieren hocken!

Aber in Wirklichkeit ärgerte sich Miggi vor allem darüber, dass ihm selbst der Mut zu dieser Unternehmung gefehlt hatte.

Nach geraumer Zeit kam Felix lachend zurück.

»Du glaubst ja nicht, was die da alles liegen gelassen haben!«

Er streckte Miggi seine rechte Hand entgegen, in der er einen ovalen Gegenstand hielt.

»Was hast du da?«

»Das ist 'ne Handgranate«, freute sich Felix. »Da oben liegt noch mehr.«

»Bist du verrückt geworden?« Miggi traute seinen Augen nicht. »Die kann doch jeden Moment losgehen.«

»Glaubst du, die lassen Sachen fallen, die noch explodieren können? Komm mal mit, sieht echt toll aus, was da oben so rumliegt.«

Miggi wollte nicht als Feigling dastehen, also folgte er Felix in den Wald hinein. Der lief stolz mit seiner Handgranate in der Hand vor Miggi her und blieb irgendwann abrupt stehen. Fast wäre Miggi in ihn hineingelaufen.

»Voilà, wie der Franzose sagt.« Felix machte eine ausladende Handbewegung und präsentierte stolz seinen Fund.

Vorsichtig kam Miggi näher und bekam große Augen.

»Was ist das alles?«

Vor ihnen lagen in einer Mulde ein ganzer Haufen Handgranaten, Munition, zwei Gewehre, Patronengürtel und dazu noch Sachen, die Miggi in seinem Leben überhaupt noch nie gesehen hatte. Felix legte vorsichtig die Handgranate zurück und hielt nach Zweigen Ausschau.

»Das ist mein Lager, das sichere ich jetzt«, er schaute Miggi durchdringend an, »wer weiß, wozu das noch gut ist.«

»Mach, was du willst. Ich will damit nichts zu tun haben.« Miggi wandte sich um. »Ich geh dann mal wieder.«

Er sah zu, dass er die Fundstelle verließ. Ihm war das Ganze nicht geheuer. Felix blieb zurück und bedeckte seinen Fund mit Erde und Zweigen. Miggi war schon längst wieder auf der Weide, als Felix wieder zu ihm stieß.

»Du sagst das aber niemandem, verstanden?«

Miggi zeigte ihm einen Vogel.

»Du hast sie nicht alle. Aber bitte, ich sag schon nix.«

Felix war so stolz, dass er mit geschwellter Brust zum Nonnenfeldhof zurückkehrte. Dort wunderten sich alle über sein Verhalten, und Anna fragte sogar nach, was denn eigentlich mit ihm los sei.

Miggi zuckte nur mit den Schultern.

»Er übertreibt ein bisschen«, mehr sagte er nicht und wandte sich schnell ab.

Schon am nächsten Tag bekamen sie es auf der Weide wieder mit der Angst zu tun. Sie saßen auf ihrem Stein und beobachteten die Herde. Während Miggi nebenbei einen Stock mit seinem Messer bearbeitete, wickelte sich Felix unruhig Grashalme um seine Finger. Felix war ein Springinsfeld und hatte größte Mühe stillzusitzen, das hatte Miggi schon lange erkannt. Plötzlich hörten sie oberhalb von ihnen ein lautes Knacken. Gleich darauf stiegen lauthals schimpfend Vögel auf. Miggi hielt mitten in seiner Schnitzbewegung inne.

»Was war das denn?«

Auch Felix hatte sich so erschrocken, dass er auf einmal gar nicht mehr so lässig wirkte wie sonst. Er blickte zum Waldrand herüber.

»Keine Ahnung. Sehen tu ich nix.«

Wieder ein Knacken!

»Da oben ist einer um«, flüsterte Miggi. Keiner wagte es, sich zu rühren.

Wenig später spürten sie förmlich, wie sich ihnen jemand von hinten näherte, brachten aber nicht den Mut auf, sich umzudrehen.

»He, ihr da!«

Die Stimme war direkt hinter ihnen.

Voller Angst drehten sich die Jungen vorsichtig um und blickten in die Mündung eines Gewehrlaufs. Dahinter stand ein junger Mann in Wehrmachtsuniform.

»Habt ihr was zu essen?«

Beide Hirtenbuben langten ohne Umschweife in ihre Umhängetaschen und förderten ihr Vesper zutage, das sie dem Soldaten entgegenstreckten.

Das immer noch auf die Jungen gerichtete Gewehr unter den rechten Arm geklemmt, griff der Fremde mit seiner Linken hastig nach den Broten. Einen Moment lang stand er bewegungslos so da, dann legte das Gewehr zur Seite, hockte sich hin und begann gierig alles zu verschlingen, was die Jungen ihm gereicht hatten.

Felix und Miggi beobachteten ihn aufmerksam. Die erste Angst war der Neugier gewichen. Der Soldat wirkte in seiner verdreckten und abgerissenen Uniform müde und ungepflegt. Es sah nicht so aus, als ob er vorhätte, sie gleich zu erschießen.

Nachdem er die Brote verdrückt hatte, blickte er die Jungen an. »Ich heiße Fritz. Und ihr?«

Die beiden nannten ihre Namen, und Felix fragte gleich weiter: »Was machst du hier?«

Fritz blickte sich nervös um, bevor er antwortete.

»Ich bin abgehauen. Desertiert. Versteht ihr?«

Nicht wirklich, sagten die Augen der beiden Hirtenbuben.

»Ich habe mich von meiner Kompanie abgesetzt. Besser, die finden mich jetzt nicht, sonst erschießen die mich.«

»Wieso bist du abgehauen?«, wollte Felix wissen.

»Der ganze Krieg, das bringt doch alles nichts mehr. Die Franzosen sind auf dem Vormarsch. Wir sind jetzt doch nur noch auf dem Rückzug. Lassen alles stehen und liegen und schauen, dass wir unsere Haut retten.«

Fritz sah sich ein weiteres Mal misstrauisch um.

»Ich hab mich zurückfallen lassen und dann schnell im Gebüsch versteckt. Die Nacht hab ich draußen unter freiem Himmel geschlafen.« Fritz schaute schief. »Zumindest hab ich es versucht. War aber verdammt kalt.«

»Und jetzt?«

Felix kannte wirklich keine Zurückhaltung, dachte Miggi.

»Keine Ahnung, wo wohnt ihr denn?«

»Da unten, auf dem Nonnenfeldhof.«

»Sind das gute Leute?«

»Ja, ganz in Ordnung.«

»Nazis?«

»Nee, glaub ich nicht.« Felix lachte. »Sollen wir dich mitnehmen?«

»Das können wir doch nicht machen, Felix«, wandte Miggi ein. »Das ist doch gefährlich.«

»Nein, das geht wohl nicht«, meinte auch Fritz. »Aber vielleicht könntet ihr mir noch etwas zu essen besorgen?«

Beide Jungen hatten irgendwie Mitleid mit dem Soldaten, deswegen zeigten sie sich spontan hilfsbereit und versprachen, ihm am Nachmittag etwas zu essen mitzubringen. Er müsse nur hier oben warten, bis sie später wiederkommen würden.

Auf dem Weg zum Hof diskutierten Felix und Miggi, ob sie ihren Bauersleuten etwas sagen sollten oder nicht. Sie entschieden sich dagegen, versuchten aber, ein wenig Essen für Fritz zu organisieren. Das war gar nicht so einfach, denn die Speisekammer lag hinter der Küche, und in der war fast immer jemand, entweder Anna oder Mina.

Miggi gelang es, Mina mit einer fadenscheinigen Ausrede aus der Küche zu locken, während Felix sich in die Speisekammer stahl und einen ganzen Laib Brot mitgehen ließ, den er unter seinem Hemd versteckte.

Der Laib passte gerade so in seine Tasche, und Mina wunderte sich über deren Größe, als sie den Jungen ihr Nachmittagsvesper mit auf den Weg gab.

Fritz war sehr erfreut, die beiden Buben wiederzusehen, und noch glücklicher über das Brot. Er gönnte sich gleich ein ordentliches Stück.

Felix und Miggi schauten ihm beim Kauen zu.

»Wo kommst du her?«, wollte Felix wissen.

»Aus Gera. Kennt ihr das?«

Beide schüttelten den Kopf.

»Liegt in Thüringen. Das habt ihr aber schon mal gehört?«

Beide nickten.

»Bist du schon lange Soldat?«, fragte nun Miggi.

»Drei Jahre schon.« Fritz schaute verdrossen. »Jetzt reicht es aber. Jetzt ist bald Schluss, das sag ich euch. Wenn jetzt noch die Franzosen kommen, dann gute Nacht. Dann sind wir fertig.«

Miggi hätte gerne gefragt, was dann passieren würde, aber er traute sich nicht. Sie gaben Fritz ihre alten Kartoffelsäcke, die ihnen als Regenschutz dienten, und boten ihm ihren Unterstand für die Nacht an.

»Besser als nichts«, meinte Fritz, »Kommt ihr morgen denn wieder?«

»Wir kommen jeden Tag«, antwortete Miggi.

Als sie am nächsten Morgen auf der Weide ankamen, lag Fritz noch im Unterstand auf den Kartoffelsäcken. Er war wach, sah aber noch erschöpfter aus als am Vortag. Die Jungen gaben ihm bereitwillig ihr Vesper, das Fritz dankbar annahm. Dazu hatte Felix noch ein paar Karotten und ein Glas eingelegte Gurken aus der Speisekammer stibitzt.

Fritz blieb die ganze Zeit bei Miggi und Felix und beobachtete sie, wie sie das Vieh beieinander hielten.

»Gut macht ihr das«, meinte er. »Ich komm ja nicht vom Land, kenn mich mit Tieren gar nicht aus.«

»Was hast du denn gemacht, bevor du Soldat wurdest?«, wollte Miggi wissen.

»Ich bin Schuhmacher. Ich habe in der Werkstatt meines Vaters gearbeitet. Der macht das jetzt ganz allein.«

Felix lachte. »Schuhe könntest du genug reparieren hier, glaub ich.«

Miggi schaute ins Tal. »Da kommt jemand.«

Hektisch sprang Fritz auf und griff nach seinem Gewehr.

»Ich glaub, das kannst du lassen«, meinte Felix, »das ist Anna.«

Tatsächlich, die Bäuerin, die fast nie ihren Hof verließ, kam den Berg hochgelaufen. Wahrscheinlich schickte sie der Bauer, der nicht so gut zu Fuß war.

Felix und Miggi schauten ihr erwartungsvoll entgegen, während sich Fritz an seinem Gewehr festhielt.

Anna kam furchtlos näher.

»Wer ist das?«, fragte sie. »Ich wollte doch mal wissen, wohin unser Essen verschwindet.«

Sie hatte also doch etwas gemerkt!

Fritz hatte die Sprache wiedergefunden und stellte sich höflich vor. Anna schaute ihn lange schweigend an und schien zu überlegen.

Dann sagte sie: »Du kannst heute Abend, wenn es dunkel ist, zu uns auf den Hof kommen. Vielleicht finden wir eine Lösung.« Und an die Hirtenbuben gewandt: »Nichts als Ärger macht ihr manchmal. Aber gut, so sind wohl die Zeiten.«

Nach diesen Worten drehte sie sich um und verschwand wieder Richtung Hof.

Als es am Abend dämmerte und Felix Cédric und Tadeusz ins Dorf begleitete, brach Miggi auf, um Fritz zu holen. Es war schon stockdunkel, als sie zusammen auf dem Nonnenfeldhof ankamen, aber Miggi kannte den Weg mittlerweile so gut wie seine Hosentasche und hatte keinerlei Orientierungsprobleme. In der Stube bekam Fritz erst einmal einen Teller Suppe mit Brot. Dankbar nahm er an und hatte ruckzuck alles aufgegessen. Anna gab Nachschlag, sie hatte offensichtlich einiges vom Abendessen zurückgehalten.

Dann fragten die Bauersleute Fritz nach seiner Geschichte und seinen Plänen aus. Dieser bekannte ehrlich, dass er desertiert war; wie es nun weitergehen solle, wisse er nicht.

Wilhelm machte ein Angebot: »Du kannst hier bei uns unterkriechen. Aber man darf dich auf keinen Fall sehen! Wenn etwa der Schindelmaier das mitkriegt, dann sind wir geliefert. Aber du kannst dich im Haus auf der Tenne aufhalten und für uns ein paar Sachen reparieren. Dann haben wir auch was davon.«

Miggi war von der Großherzigkeit seiner Bauersleute gerührt. Sie gingen ein enormes Risiko ein, aber Fritz wusste überhaupt nicht, wo er hinsollte, und für Wilhelm und Anna war es gelebte Christenpflicht, Menschen in Not zu helfen. Und so bauten Mina und Miggi auf der Tenne ein Nachtlager, in das sich Fritz hineinfallen ließ, so erschöpft war er von den letzten Tagen.

Am nächsten Morgen brachte Miggi einen Eimer Wasser auf die Tenne, damit Fritz sich waschen konnte. Der lag immer noch im Tiefschlaf, und Miggi ließ es gut sein und weckte ihn nicht.

Gestern hatten sie abgemacht, dass Fritz die Tenne wenn möglich überhaupt nicht verlassen sollte. Selbst zum Austritt, der sich hinter dem Misthaufen befand, sollte er besser nicht gehen, sondern stattdessen einen Eimer benutzen. Auch das Essen würden sie ihm hochbringen. Mina suchte ein paar Kleidungsstücke ihrer Brüder zusammen, so dass Fritz sich seiner Wehrmachtsuniform entledigen konnte. Er versteckte sie tief unter einem Haufen Heu. Außerdem trugen Miggi und Felix einen alten Tisch und Werkzeug hoch, damit der neue Hofbewohner Schuhe, Lederriemen, Zaumzeug und dergleichen reparieren konnte. Cédric und Tadeusz mussten wohl oder übel eingeweiht werden, aber beide sagten wie gewohnt nichts – man fragte sich wieder einmal, ob sie überhaupt verstanden hatten. Und wo hätten sie die Bauern, die sie gut behandelten, auch anschwärzen sollen. Und warum?

XXI.

Seit Wochen schon versammelten sich alle jeden Abend um den Volksempfänger in der Stube und lauschten den Nachrichten. Fritz hatte ja schon angedeutet, dass die Franzosen nicht mehr weit seien, und nun wurde diese Tatsache auch im Rundfunk nicht mehr verhehlt.

»Genug gewartet«, entschied Wilhelm. »Miggi und Felix: Ab morgen bleiben die Kühe erst einmal im Stall. Wir gehen in den Wald und vergraben unser Hab und Gut. Wenn die Franzosen wirklich kommen, will ich denen nicht alles in die Hände geben. Und außerdem wird das Viehhüten da oben langsam zu gefährlich. Wer weiß, wer sich da rumtreibt.«

Und so liefen sie am nächsten Morgen gleich nach der Morgensuppe in das nahe der Weide gelegene Waldstück, um nach einem geeigneten Versteck für das Tafelsilber der Nonnenfeldbauern zu suchen. Nachdem sie in einer Senke, die von keiner Seite direkt einsehbar war, gefunden hatten, fingen Miggi und Felix an zu schaufeln, während Wilhelm und Mina die Dinge herbeitrugen, die in Sicherheit gebracht werden sollten: die Uhr aus der Stube, das gute Geschirr und das gute Besteck, Annas Schmuckstücke, Wilhelms Taschenuhr. Der Bauer packte alles in Säcke und stopfte diese in Milchkannen, die sie dann in die Grube legten und mit Erde bedeckten. Nur das Radio behielten sie noch – zu wichtig war es, um über die politische Lage zu erfahren.

Nun gingen Miggi und Felix weder zur Schule noch auf die Weide, sondern blieben auf dem Hof und halfen dort. Die Stimmung war seltsam angespannt, in der Luft schwirrte eine Nervosität, die man mit Händen greifen konnte. Miggi wäre gerne auf die Weide gegangen, um dieser drückenden Atmosphäre zu entrinnen, aber der Bauer war strikt dagegen.

Zwei Tage, nachdem sie die Sachen im Wald vergraben hatten, kam Felix auf Miggi zu.

»Leihst du mir dein Messer?«

»Wozu brauchst du jetzt mein Messer?«

»Ich brauch es halt und du weißt ja, ich hab nur so ein kleines, das nicht gescheit schneidet. Du kriegst es ja auch wieder. Du wirst schon sehen, wofür es gut ist.«

Widerstrebend überreichte Miggi Felix seinen größten Schatz. Er schaffte es einfach nicht, Nein zu sagen.

»Danke dir. Nachher bekommst du es zurück.«

Felix drehte sich um und verschwand. Miggi sah ihm nach, wie er den Weg zur Weide einschlug, und fragte sich, was er wieder im Schilde führte. Er ärgerte sich, dass er es nicht über sich gebracht hatte, Felix seine Bitte abzuschlagen, aber dieser hatte immer eine Art drauf, seine Mitmenschen so zu überreden, dass sie gar nicht anders konnten. Hoffentlich passierte nichts mit dem Messer, denn es war seine liebste Erinnerung an seinen Vater.

Als Felix Stunden später zurückkam, trug mit beiden Händen einen großen Autoreifen vor sich her.

»Was willst du denn damit?«, fragte Miggi.

»Der ist aus meinem Lager«, Felix zwinkerte Miggi verschwörerisch zu. »Hab ich gefunden.«

»Und warum holst du ihn her?«

»Fritz meinte, aus Autoreifen kann man Schuhe machen. Und meine Schuhe sind mir zu klein.«

Schlau war er ja, der Felix. Mit seinem Reifen in den Händen lief er an Miggi vorbei Richtung Tenne.

»Felix, mein Messer!«, rief ihm Miggi hinterher.

Felix blieb stehen und drehte sich zu Miggi um.

»Dein Messer, ja … Das hab ich leider verloren. Als ich den Reifen genommen hab, muss es mir aus der Tasche gefallen sein …«

»Das ist nicht dein Ernst, Felix!« Miggi war fassungslos.

Felix machte ein schuldbewusstes Gesicht.

»Tut mir leid. Das war wirklich keine Absicht.«

Miggi kochte so vor Wut, dass sich seine Stimme überschlug.

»Du weißt genau, dass ich das Messer von meinem Vater hab. Und du verlierst es einfach so? Was bist du nur für ein Mensch!«

Felix ließ das Donnerwetter schweigend über sich ergehen. Er sah aus, als könne er kein Wässerchen trüben. Miggi hingegen war völlig aufgelöst. Er hätte es besser wissen müssen! Ihm kamen die Tränen. Wie dumm er gewesen war, ausgerechnet Felix sein Messer zu geben.

Damit dieser nicht sah, dass er heulte, drehte Miggi sich um und machte sich direkt auf den Weg Richtung Weide. Felix machte keine Anstalten, ihm zu folgen, um beim Suchen zu helfen.

Miggi rannte den ganzen Weg zur Weide. Außer Atem oben angekommen, begann er fieberhaft mit der Suche nach seinem Messer. Er inspizierte jedes Fleckchen, an dem sich Felix aufgehalten haben könnte. Auch zu dessen Lager lief er, entfernte die Tannenzweige und nahm vorsichtig die einzelnen Waffen und anderen Ausrüstungsteile hoch. So richtig traute er sich nicht, also legte er die Zweige wieder hinauf und verfluchte den Tag, an dem er Felix kennenlernen musste.

Zurück auf dem Hof mied Felix Miggis Blick, gab sich aber sonst so unbekümmert wie immer. Auf Schindeln hatte Fritz von Felix' Füßen Maß genommen und war nun dabei, die Form auszuschneiden. Dorothea stand dabei und schaute interessiert zu. Sie wollte auch ein Paar.

»Ah Miggi, komm her, dann kriegst du auch noch neue Schuhe«, rief Fritz. »Der Reifen reicht noch dicke für ein weiteres Paar.«

Nein danke. Schuhe wollte er schon, aber Miggi hatte keine Lust, sich zu Felix zu gesellen. Seine Wut trieb ihn zu Mina, seiner Vertrauten. Dass Anna und Wilhelm von der Geschichte etwas mitbekamen, wollte Miggi denn doch nicht. Aber Mina konnte er eigentlich alles erzählen.

Das Mädchen hörte nachdenklich zu.

»Glaubst du wirklich, dass er es verloren hat?«, fragte sie dann. »Das trau ich ihm eigentlich gar nicht zu, dass er so dumm ist. Vielleicht führt er was im Schilde?«

Miggi schnaufte und sah Mina erstaunt an. Auf diese Idee war er noch gar nicht gekommen. Wollte Felix ihn gar um das Messer betrügen? Er traute ihm alles zu. Aber allein die Möglichkeit, dass es so war, stimmte Miggi schon etwas hoffnungsvoller. Denn es hieß zumindest theoretisch, dass noch nicht alles verloren war.

Am nächsten Tag saß Miggi neben Fritz auf der Tenne an der provisorischen Werkbank und sah ihm bei seiner Arbeit zu. Felix' Schuhe waren fast fertig, danach war Dorothea an der Reihe. Aus einem Holzscheit hatte Fritz eine Sohle geschnitzt, die Unterseite aufgeraut und oben den fein säuberlich zugeschnittenen Reifengummi aufgenagelt. Hinten an der Ferse blieb der Schuh offen, so dass man einfach hineinschlüpfen konnte.

»Darf ich dir helfen?«, fragte Miggi.

Fritz schaute auf.

»Wenn du möchtest, kannst du bei Dorothea Maß nehmen und dann die Form aus der Schindel schneiden.«

Miggi schnappte sich Schindeln und Stift und lief ins Haus, um Dorothea zu suchen. Nachdem er das Mädchen in der Küche angetroffen hatte, wies er es an, sich mit bloßen Füßen auf die Schindeln zu stellen. Die Kleine kiekste, als Miggi mit dem Bleistift Linien um ihre Füße zog, so kitzelig war sie. Stolz kehrte Miggi mit seinem Ergebnis zu Fritz zurück. Etwas wackelig, die Linien, aber durchaus zu gebrauchen. Der Schuhmacher war für den Anfang zufrieden.

»Jetzt kannst du die Laubsäge nehmen und den Leisten aussägen.«

Miggi freute sich an der Arbeit und machte sie richtig gut. Wenn er jetzt noch sein eigenes Messer gehabt hätte, dann hätte er den Rand richtig schön glatt schnitzen können. Ach, besser nicht darüber nachdenken!

Den ganzen Tag lang werkelte er an der Seite von Fritz, und schon tags darauf führte Dorothea in der Stube stolz ihre neuen Schuhe vor.

Jetzt war Miggi an der Reihe. Fritz nahm Maß, aber Miggi ließ es sich nicht nehmen, selbst seine Leisten herzustellen und mit einem Beitel die Sohlen aus dem Holzscheit zu stemmen. Mittlerweile hatte er von der ungewohnten Arbeit schon Blasen an den Händen, aber das störte ihn nicht. Fritz schnitt den Reifengummi zurecht, den Miggi schließlich auf sein Holz nagelte. Fertig! Miggi glühte vor Stolz. Er hatte es fast ganz alleine geschafft, sich ein Paar Schuhe zu schustern. Das war ein sehr schönes, befriedigendes Gefühl.

Die Schuhe bestanden zwar nur aus einer Holzsohle und Reifengummi, aber er hatte sie mit seinen eigenen Händen angefertigt. Abgesehen davon saß die Maßarbeit perfekt an seinen Füßen.

XXII.

Die Tage wurden unruhiger. Hie und da waren Kanonenschläge zu hören, dann wieder Gewehrschüsse, auch Fliegerangriffe gab es in unmittelbarer Nähe. Zwar war der Nonnenfeldhof nicht direkt betroffen, für seine Bewohner gab es aber dennoch Grund genug zur Beunruhigung. Inzwischen wurde offen darüber diskutiert, ob Deutschland kapitulieren sollte oder nicht, und wann die Franzosen kommen würden. Der Schindelmaier kam zum Nonnenfeldhof, als alle gerade in der Stube beim Mittagessen waren – Tadeusz und Cédric mussten schnell in die Küche verschwinden –, und hielt einen langen Vortrag über Ehre und Vaterland, Feigheit vor dem Feind und den Endsieg. Er endete mit einer Warnung an Anna und Wilhelm, bloß nicht auf die Idee zu kommen, die weiße Fahne zu hissen, sonst würde man sie erschießen müssen.

Tatsächlich hatten die Bauersleute mit dem Gedanken gespielt, ein weißes Laken aus dem Tennenfenster zu hängen. Sie wollten sich und ihre Kinder und die ihnen anvertrauten Buben schützen, aber nach der Schimpftirade vom Schindelmaier trauten sie sich nicht mehr.

»Wenn sie kommen, dann müssen wir uns halt ergeben, dann passiert schon nix«, meinte Wilhelm. Doch er glaubte wohl selber nicht, dass es so einfach sein würde.

Miggi war ratlos. Er konnte sich überhaupt nicht vorstellen, was passieren würde, wenn französische Soldaten auf den Hof kämen. Felix hingegen meinte am Abend, als sie in ihren Betten lagen, dass es nur besser werden könne, wenn der Krieg endlich vorbei wäre und er endlich zurück zu seiner Mutter könne.

Miggi überlegte, wie es wohl seiner Mutter und seinen Geschwistern in Buchenbach erging. Tatsächlich hatte er sie seit seinem Blitzbesuch in Freiburg nach dem Bombenangriff nicht mehr gesehen. Das war schon fast ein halbes Jahr her! Hin und wieder, eher selten, hatten sie Briefe ausgetauscht, aber der letzte war schon länger her. Und von seinem Vater wusste Miggi gar nichts.

Nach Tagen der Unruhe und des Beschusses war es am Markustag totenstill. Es war der fünfundzwanzigste April 1945. Alles schien wie erstarrt, als sich Miggi, Felix, Mina, Dorothea und Anna zur Kirche aufmachten. Der Bauer blieb daheim; man wollte den Hof in dieser Zeit nicht unbeaufsichtigt lassen.

Das Dorf lag gespenstisch ruhig da. Die Kirchgänger nickten einander zu, sprachen aber kein Wort. Die Stimmung war so angespannt, dass man das Gefühl hatte, sie schneiden zu können. Es lag etwas Unheilvolles in der Luft, während sich die Gemeinde zur Markusprozession aufmachte. Miggi schaute sich die am Weg liegenden

Häuser genau an und zählte insgesamt schon neun weiße Betttücher, die aus den Fenstern hingen.

Als alle nach der Prozession wieder bei der Kirche ankamen, stand ein Militärfahrzeug mit Antenne auf dem Dach am Straßenrand. Die Soldaten, die darin saßen, trugen Stahlhelme, wie Miggi sie noch nie gesehen hatte.

Sie kehrten zum Nonnenfeldhof zurück. Der Bauer und Tadeusz spannten die Schwarzwälder Füchse vor die Egge und Miggi, Tadeusz, Mina, Dorothea und Wilhelm begannen damit, auf dem Acker Steine aufzulesen und Kartoffeln zu setzen. Felix war mit Cédric im Wald, um Anmachholz zu sammeln.

Das Steineaufsammeln war anstrengend, und erst nach einer ganzen Weile, die er gebückt zugebracht hatte, richtete Miggi sich auf und schaute sich um. In der Ferne konnte man einen Tross aus Menschen und einigen Pferden erkennen. Miggi kniff die Augen zusammen, um besser erkennen zu können, wer da auf sie zukam.

Es schienen Soldaten zu sein, aber sie sahen ganz anders aus als die, die Miggi bisher zu Gesicht bekommen hatte. Sie trugen helle Uniformen und auf den Köpfen keine Helme, sondern weiße Turbane. Sie sahen sehr ungewöhnlich aus.

Der Tross kam direkt auf sie zu.

»Schaut mal dort«, rief Miggi.

Alle hoben die Köpfe und folgten mit ihren Blicken Miggis ausgestrecktem Arm.

»Da sind sie, die Franzosen«, brummte Wilhelm.

»Wie sehen die denn aus?«, staunte Mina neben ihm.

Wilhelm sah sie streng an.

»Du gehst jetzt sofort mit Dorothea ins Haus und sagst der Mutter und dem Fritz Bescheid. Ihr müsst euch alle gut verstecken, verstehst du?«

»Ja, Vater.«

Mina war von der Reaktion ihres Vaters überrascht und wagte keinen Widerspruch. Sie nahm Dorothea an die Hand und verschwand schnell Richtung Haus.

Miggi stellte seinen Eimer mit den Steinen ab. Gebannt wie alle anderen beobachtete er die Soldaten, die da auf sie zumarschierten. Je näher sie kamen, desto genauer sah man, dass alle eine sehr dunkle Hautfarbe hatten. Angeführt wurde der Zug von vier Soldaten hoch zu Ross, dahinter folgte die Infanterie.

Wilhelm und Tadeusz machten sich daran, die Pferde auszuspannen. Dann gab der Bauer beiden einen kräftigen Klaps auf den Hintern, woraufhin sich die Füchse in Richtung Wald in Bewegung setzten.

»Pferde sind Fluchttiere. Ich lass sie lieber in die Freiheit, als sie den Franzosen zu geben«, erklärte er dem ungläubigen Miggi. Dann machten sie sich gemeinsam auf den Weg zum Hof, um dort auf das Eintreffen der Franzosen zu warten.

Als der Zug dort eintraf, lief ihm Karle, der Hofhund, bellend entgegen. Ohne zu zögern, legte einer der vorausreitenden Soldaten sein Gewehr an und schoss. Der Hund jaulte kurz auf, fiel zur Seite und blieb regungslos liegen.

Ein großer Teil der Truppe schwärmte augenblicklich aus. Über Türen und Tenne drängten sie ins Haus.

Hoffentlich ist Fritz gut versteckt, dachte Miggi. Und Mina, Dorothea und Anna! Nie zuvor hatte er solche Angst gehabt.

Der Kommandant auf seinem Pferd ritt auf Wilhelm zu. Vor ihm fuchtelte er wild mit seinem Gewehr herum.

»Nazi? Nazi?«, brüllte er.

»Ich bin kein Nazi«, antwortete Wilhelm mit fester Stimme. »Nazi – non.«

Der Kommandant brüllte weiter auf Französisch, das hier keiner verstand. Schließlich stieg er vom Pferd und richtete seine Waffe direkt auf Wilhelm. Mit einem Kopfnicken bedeutete er ihm, sich zum Scheunentor zu begeben und dort stehen zu bleiben.

Im selben Moment hörten sie aus dem Haus einen gellenden Schrei.

Das ist Mina!, durchfuhr es Miggi.

Die Schreie nahmen kein Ende. Was machten sie mit ihr? Auch Wilhelm hatte erkannt, wessen Stimme das war. Entsetzt drehte er den Kopf in Richtung des Wohnhauses.

Doch diese Bewegung brachte den Kommandanten noch mehr in Harnisch. Wieder brüllte er auf Französisch, aber mehr als »Nazi« war für Miggi nicht herauszuhören. Dann richtete er unvermittelt sein Gewehr auf Wilhelms rechtes Bein und drückte ab.

Es knallte, aber mehr geschah nicht. Wilhelm stand nach wie vor da, völlig unbewegt und stumm, aber mit Furcht im Blick. Der Kommandant schaute ungläubig. Aber Miggi begriff, was passiert war: Er hatte in Wilhelms Holzbein geschossen!

Im gleichen Moment rief jemand hinter seinem Rücken etwas auf Französisch. Miggi erkannte die Stimme sofort.

Felix kam angerannt.

»Non, non«, rief er, »attendez, attendez!«

Atemlos erreichte der Junge den Kommandanten und redete eine Weile eindringlich auf Französisch auf ihn ein. Nachdem Felix geendet hatte, wandte sich der Soldat wieder zu Wilhelm um und legte sein Gewehr auf ihn an.

Eine ganze Salve an Schüssen knallte durch die Luft. Dann war es totenstill, selbst die Schreie aus dem Haus verstummten für einen Moment.

Wilhelm sackte zusammen. Einen Augenblick lag er wie tot auf dem Boden, dann fing sein Körper an zu beben. Er schluchzte laut. Aus dem Haus waren erneut Minas verzweifelte Schreie zu hören.

Felix und Miggi starrten auf das Scheunentor. Es zeigte die Einschläge Dutzender Gewehrkugeln, fein säuberlich um Wilhelm herum gezielt.

Nun kam auch Cédric auf den Kommandanten zu. Mit fester, ruhiger Stimme sprach er auf ihn ein. Offensichtlich wurde er ernst genommen, denn der Kommandant rief seinen Soldaten etwas zu und begab sich dann zu seinem Pferd, das einer seiner Männer für ihn festhielt. Ein anderer Soldat ging zum Hauseingang und brüllte etwas hinein.

Mina war nicht mehr zu hören.

Die Soldaten sammelten sich, der Kommandant bestieg sein Pferd, und wenig später setzte sich der Tross Richtung Schindelmaierhof in Bewegung. Einige der Soldaten hatten sich ein paar Hühner geschnappt, die den Abzug der Truppe mit panischem Gackern begleiteten.

Keiner rührte sich, bis die Franzosen außer Sichtweite waren.

»Was hast du ihnen gesagt, Cédric?«, fragte Wilhelm mit zitternder Stimme.

»Dass sie zum Schindelmaier gehen sollen, wenn sie auf der Suche nach Nazis sind«, antwortete dieser in makellosem Deutsch.

Ohne darauf zu antworten, rannte Wilhelm so schnell er konnte ins Haus. Alle anderen folgten ihm.

Im Hausflur war alles durcheinander. In der Stube lag Mina zwischen umgeworfenen Stühlen und Bänken auf dem Boden und rührte sich nicht. Wilhelm beugte sich über sie.

»Mina, was ist mit dir? Bitte, sag doch was!«

Mina gab ein leises Stöhnen von sich und drehte sich zur Seite. Da sah Miggi, dass ihre Beine voller Blut waren. Ihre Strümpfe waren schon ganz rot.

»Oh Mina!« Wilhelm drückte seine älteste Tochter ganz fest an sich. »Wo ist die Mama? Und Dorothea?«

Mina flüsterte ihm etwas zu.

»Schau einer nach oben im Flur in die Truhe«, brüllte Wilhelm.

Miggi und Felix rannten die Treppe hoch. Dort stand eine große Truhe, in der Stoffe verwahrt wurden. Der Schlüssel steckte. Miggi war zuerst da, drehte das Schloss um und hob den Deckel an.

Völlig verängstigt schauten Anna und Dorothea aus der Truhe hervor.

»Kommt raus«, sagte Miggi und packte Dorothea am Arm. Felix hielt den Deckel auf.

Nun kletterte Anna heraus. »Was ist mit Mina?«

Ohne eine Antwort abzuwarten, eilte sie die Treppe hinab. Dorothea rannte hinterher.

»Woher kannst du so gut Französisch?«, fragte Miggi Felix. »Das hast du nie gesagt, dass du das kannst.«

»Cédric ist mein Vater«, antwortete Felix.

Ungläubig schaute Miggi ihn an: »Was … wie …?«, stotterte er. »Ich dachte, dein Vater sei gefallen?«

»Das war nur mein Stiefvater. Ein echter Widerling.« Felix lächelte. »Wilhelm hat es gewusst. Meine Mutter versteckt sich in Lothringen. Und ich bin hier, damit ich bei Cédric sein kann.«

Alle waren durcheinander. Dorothea weinte. Aus ihrer Kammer hörte man Mina laut schluchzen und Anna beruhigend auf sie einreden. Tadeusz stand in der Ecke und harrte wortlos aus. Cédric und Wilhelm hatten sich aufgemacht, um zu schauen, was beschädigt war und was fehlte. Felix war nirgendwo zu sehen, wahrscheinlich hatte er sich Cédric angeschlossen.

Miggi setzte sich zu Dorothea, die allein auf der Bank hockte und so verängstigt war. Nach einer Weile begann das Mädchen stockend zu erzählen, wie Mina ihr und ihrer Mutter in die Truhe geholfen und den Deckel verschlossen hatte. Mina selbst war nur noch bis in den Stiegenkasten gekommen, die abgeschlossene schmale Treppe, die die Stube mit der Schlafkammer der Bauern verband. Es war für die Männer ein Leichtes gewesen, sie dort zu finden und herauszuzerren.

Fritz hatte sich auf der Hurt, der letzten Ebene unter dem Scheunendach, versteckt. Die Soldaten waren in die Tenne gekommen und hatten seine fluchtartig verlassene Werkbank entdeckt, woraufhin sie alles genauer untersuchten. Fritz lag im letzten Winkel ganz flach auf dem Balken, während ein Soldat die schmale Leiter hochgeklettert war und sich im Zwielicht auf der Hurt umschaute. Die Leiter verlassen mochte er offensichtlich nicht, und so stieg er wieder hinab, ohne Fritz zu entdecken. So erzählte es Fritz Stunden später, nachdem er endlich den Mut gefunden hatte, sein Versteck zu verlassen und in die Stube zu kommen. Felix hatte ihn gefunden.

Miggi und Felix erhielten vom Bauern den Auftrag, in der Nähe des Hofes ein Loch auszuheben. Die beiden fanden eine geeignete Stelle unter einer Gruppe von drei Tannen. Stumm stachen sie mit ihren Spaten ein ums andere Mal in den Boden und hoben die Erde aus. Als die Grube groß genug war, liefen sie zurück zum Hof. Wilhelm hatte unterdessen Karle, den treuen Hofbeschützer über Jahre, in ein Tuch gewickelt. Gemeinsam packten Miggi und Felix das tote Tier und trugen es zur Grabstelle. Wilhelm folgte und ließ es sich nicht nehmen, die Grube selbst wieder zuzuschütten.

Am Abend blieben Cédric und Tadeusz auf dem Hof. Es war nicht damit zu rechnen, dass sie in die Baracke zurückkehren mussten. Miggi und Felix richteten den beiden eine Bettstatt in der Schlafkammer von Markus, bevor sie in den Stall gingen. Fritz hatte sich wieder auf die Tenne zurückgezogen. Sicher war sicher.

Weder Anna noch Mina ließen sich zum Melken blicken. Diese Arbeit übernahmen nun Cédric und Tadeusz. Auch kochen mochte keiner, und so holte Dorothea nur etwas Brot und Speck aus der Speisekammer, auf denen alle lustlos herumkauten. Keiner sprach und die Stimmung war gedrückt.

Später im Bett fragte Miggi Felix nach seinen Familienverhältnissen aus. Zum ersten Mal antwortete dieser bereitwillig.

»Meine Mutter und Cédric waren ein Paar, haben aber nie geheiratet, auch nicht, als meine Mutter schwanger wurde. Ihr Vater war strikt dagegen. Da hat sie mich allein großgezogen, aber wir haben Cédric öfter mal in Frankreich besucht. Oder er war bei uns. Saarbrücken ist gar nicht so weit entfernt von seinem Hof. Doch dann hat die Mama meinen Stiefvater geheiratet, vor allem weil mein Opa es so wollte, aber auch, damit wir beide versorgt waren. Schließlich hatten sich die Zeiten geändert; die Franzosen waren jetzt Kriegsgegner, und man konnte nicht mehr einfach so zwischen Deutschland und Frankreich hin und her reisen. Mein Stiefvater war schrecklich, ein brutaler Kerl. Und überzeugter Nazi. Drum ist er auch gleich in den Krieg gezogen. Gott sei Dank.«

»Und wie kamst du hierher?«

»Cédric hat sich bei Mama gemeldet, nachdem er in Gefangenschaft geraten und hierher gebracht worden war. Er hat gespürt, dass Wilhelm ihm helfen würde, und hat ihn eingeweiht. Und so kam es, dass ich hierher geschickt wurde. In Saarbrücken ging es nicht mehr. Nix mehr da.«

»Und wieso habt ihr nie was gesagt?«

»Was denkst du denn, was hier los gewesen wäre, wenn das jemand spitzgekriegt hätte? Nein, besser, dass es keiner mitkriegte. Auch wegen Anna und Wilhelm.«

»Und Tadeusz wusste auch nichts?«, fragte Miggi weiter.

»Doch, Tadeusz wusste es, aber der sagte natürlich nix. Piotr genauso wenig. Warum sollten sie auch?«

»Deshalb wurdest du bestimmt, die beiden zu begleiten!«

»Ja genau, das war die einzige Zeit, wo wir die Deckung mal fallen lassen konnten. Bist du sauer deswegen?«

»Nein, überhaupt nicht«, sagte Miggi und dachte: Jetzt nicht mehr.

XXIII.

Die Schwarzwälder Füchse waren wieder da. Als am nächsten Morgen der Bauer, Cédric, Tadeusz, Miggi und Felix zur Stallarbeit kamen, standen sie einfach so vor der Stalltür. Offenbar waren sie von ganz allein auf den Hof zurückgekehrt. Wilhelm war dennoch in Sorge, dass man ihm die Pferde noch wegnehmen würde, und überlegte, wo er sie dauerhaft verstecken könnte.

Zum Frühstück hatte Anna eine Milchsuppe gekocht. Bis auf Mina saßen alle am Tisch und löffelten still ihre Suppe. Als sie fertig waren, stand Anna auf und ging mit einem Teller in den oberen Stock. Still, wie es in der Stube war, hörte man sie an Minas Tür klopfen. Sie bekam keine Antwort.

Keiner außer Anna hatte Mina seit dem unseligen Vortag mehr gesehen. Dorothea, die sich die Kammer mit Mina teilte, hatte mit Anna das Bett getauscht und neben Wilhelm geschlafen.

»Gott sei Dank«, sagte Dorothea dazu. »Ich hatte solche Angst und war froh, beim Vater zu sein.«

Sie hatten die Stube noch nicht verlassen, da kam Piotr vom Nachbarhof und sprach aufgeregt in seiner Muttersprache mit Tadeusz, bevor er sich an die anderen wandte.

»Sie haben gestern Schindelmaier erschossen. Gott sei Dank.«

»Und seine Frau?«

»Lebt noch. Aber ich bleib nicht mehr dort. Das sind schlechte Menschen.«

Da wurde ihnen erst richtig bewusst, dass Wilhelm großes Glück gehabt hatte. Fast schien es, als hätten die Franzosen bewusst nach dem »Nazibauern« gesucht. Vielleicht hatte jemand im Dorf etwas gesagt?

Piotr und Tadeusz entschieden, nicht mehr lange zu warten, sondern sich bald zu Fuß in ihr Heimatland aufzumachen. Bis es so weit war, durfte auch Piotr auf dem Nonnenfeldhof bleiben. Es schien eh alles keine Rolle mehr zu spielen.

Mina war verstummt. Fahl und regungslos saß sie drei Tage nach dem Überfall zum ersten Mal wieder in der Stube mit den anderen am Tisch. Aus ihren einst so fröhlichen Augen war jedes Leben gewichen, und sie starrte nur ausdruckslos ins Leere.

Miggi wollte mit ihr reden, aber sie antwortete nicht. Sie antwortete niemandem. Es zerriss ihm das Herz, sie so zu sehen, und er fühlte sich unendlich hilflos. Anna versuchte, ihr etwas Suppe einzuflößen, aber Mina reagierte kaum. Mechanisch öffnete sie den Mund und ließ sich wie ein kleines Kind von ihrer Mutter füttern. Erst als Cédric von draußen hereinrief, dass sich wieder Soldaten dem Hof näherten, schrie das Mädchen auf und stürzte die Treppe hinauf in den oberen Stock. Anna folgte ihr auf der Stelle, Dorothea an der Hand.

Diesmal war die Truppe kleiner, aber der Kommandant war derselbe. Wilhelm erwartete ihn mit Cédric vor der Tür. Miggi, der in der Stube geblieben war, beobachtete das Geschehen angespannt durchs Fenster.

Wilhelms Stimme war nicht zu hören, es war Cédric, der das Gespräch mit den Franzosen führte. Seine in ruhigem Ton gesprochenen Worte schienen ihre Wirkung nicht zu verfehlen. Schon nach wenigen Minuten rief der Kommandant seine Männer zusammen, und lediglich mit vier Hühnern als Beute verließen sie den Nonnenfeldhof wieder. Miggi atmete auf.

Wilhelm und Cédric betraten die Stube.

»Das ist noch mal gut gegangen«, sagte Wilhelm. »Wir müssen jetzt noch ein paar Sachen abgeben, unten im Rathaus. Da ist jetzt die Kommandantur.«

Der Bauer blickte sich in seiner Stube um.

»Tja, von dem Radio werden wir uns wohl trennen müssen«, seufzte er, »aber Hauptsach', sie lassen uns jetzt in Ruhe.«

Am nächsten Tag waren es Cédric und Felix, die sich mit dem Radio, einem alten Fahrrad, zwei Säcken Mehl, einem Mantel und einigen Dingen mehr nach Gibach aufmachten, um sie auf der Kommandantur abzugeben. Miggi wäre gerne mitgekommen, denn neugierig war er schon, aber er sah ein, dass es besser war, wenn die beiden allein gingen. Er sah ihnen nach, wie sie bepackt den Hof verließen. Felix schob das alte Fahrrad, das sowieso niemand benutzt hatte, dafür war der Rückweg von Gibach zum Hof viel zu steil.

Seit seine Geschichte bekannt geworden war, hörte man Felix fast nur noch Französisch sprechen. So oft sie konnten, waren Vater und Sohn zusammen. Verständlich, dachte Miggi. Was hätte er darum gegeben, mit seinem Vater hier auf dem Hof zusammen zu sein! Wie es dem wohl gerade erging? Dass er tot sein könnte, hatte Miggi noch nicht in Erwägung gezogen. Irgendwie glaubte er zu wissen, dass sein geliebter Papa noch am Leben war.

Die Tage vergingen, und das bäuerliche Leben duldete keine Veränderungen. Die Felder mussten bestellt, der Garten gemacht, die Kühe gemolken und die Schweine gefüttert werden. Während Mina starr und stumm in der Stube saß, begann um sie herum erneut der Alltag.

Nach Wochen im Stall entschied der Bauer, dass es nun für Miggi und Felix wieder möglich sei, mit den Kühen auf die Weide auszufahren. Nicht nur die Tiere strebten aufgedreht der Weide auf dem Berg entgegen, auch Miggi und Felix selbst freuten sich darauf. Denn nach den letzten ereignisreichen Tagen waren sie froh, dem Hof und der Stimmung dort ein paar Stunden entrinnen zu können.

Auf der Weide angekommen, empfing sie wie gewohnt das grandiose Panorama des Schwarzwalds. Miggi atmete tief ein und genoss für einen kleinen Moment den Blick. Alles wirkte so friedlich.

Felix neben ihm wurde unruhig.

»Ich schau nach meinem Lager. Nachher haben die Franzosen was mitgenommen. Oder sonst wer.«

»Muss das sein?«

»Ja, das muss es!« Felix war schon auf dem Weg.

Miggi hatte dabei kein gutes Gefühl, aber Felix von etwas abzuhalten, war eigentlich unmöglich.

Nach einer gefühlten Ewigkeit war Felix immer noch nicht zurück. Miggi wurde unruhig. Nervös schaute er sich um, aber von dem Jungen keine Spur. Irgendwann entschied Miggi, die Kühe einen Augenblick allein zu lassen und im Wald nach Felix Ausschau zu halten. Nach ihm zu rufen traute er sich nicht. Wer weiß, wer ihn sonst noch hören würde.

Miggi war vielleicht hundert Meter gegangen, als er tatsächlich Stimmen hörte. Er hielt inne und wartete gespannt. Sein Herz schlug ihm bis zum Hals.

Kurz danach kam Felix auf ihn zugelaufen.

»Was machst du denn hier?«, fragte er unbedarft.

»Wo warst du so lange?«, fragte Miggi zurück.

»Man glaubt es kaum, aber hier im Wald wimmelt es von Marokkanern. Hab ich erst gar nicht gesehen.«

»Und?«

Felix schaute bekümmert.

»Sie haben mich erwischt.«

»Wie erwischt?« Passt gar nicht zu Felix, dachte Miggi.

»Es war alles noch da, ich hatte es mir grad so schön angeschaut und wollte ein Gewehr mitnehmen, denn man weiß ja nie.« Felix machte eine kunstvolle Pause.

»Ja, und?«

»Dann waren sie da. Nun ist mein Versteck wohl weg. Die waren ganz begeistert.« Er setzte sein undurchdringliches Grinsen auf.

»Mann, Felix, kannst du nicht einfach mal hierbleiben? Ich finde das nicht so witzig.«

»Jetzt beruhige dich, die kommen schon nicht. Ich hab ja mit denen gesprochen. Wenn man Französisch kann, wirkt das Wunder.«

Felix schaute Miggi an. »Aber das mit dem Gewehr ist nichts geworden. Leider. Das hätt' ich der Mina gegeben. Wenn nochmal einer kommt, könnt' sie den damit erschießen.«

Sie erreichten ihre Weide. Die Kühe waren in alle Richtungen versprengt. Miggi war sauer, denn nun konnten sie schauen, dass sie die Herde wieder zusammenbekamen. Während sie mit ihren Geißeln die abtrünnigen

Viecher zusammentrieben, gab es auf einmal einen lauten Knall. Und dann noch einen. Und noch einen.

Die Kühe stoben erneut auseinander. Miggi war zu überrascht, um schnell zu reagieren. Die Explosionen waren ohrenbetäubend.

Auch Felix hielt inne.

»Das war bestimmt mein Lager«, rief er. »Mein Lager ist in die Luft geflogen!«

Felix wollte sich schon wieder auf den Weg in den Wald machen, doch diesmal hielt Miggi ihn zurück. Dass Felix noch einmal verschwand, würde er nicht zulassen, und er sagte dies so deutlich, dass sich der sonst so eigensinnige Junge sogar fügte. Der Himmel über dem Waldstück verdunkelte sich vor Rauch. Es brannte.

»Zeit zu gehen«, entschied Miggi, selbst überrascht über seine Bestimmtheit. »Besser, wir bringen uns und die Tiere in Sicherheit.«

Felix widersprach nicht, und so trieben sie die Kühe zusammen. In Rekordzeit erreichten sie den Hof. Auch dort hatten sie die Explosionen natürlich gehört. Wilhelm erwartete sie vor dem Stall. Miggi konnte ihm seine Erleichterung ansehen.

»Gut, dass ihr da seid. Was machen die da oben denn? Das ist ja total verrückt.«

Felix und Miggi sagten nichts dazu. Einen Tag später erfuhr Cédric in Gibach, dass marokkanische Soldaten ein Munitionslager im Wald entdeckt hatten, das urplötzlich in die Luft geflogen war. Vier Männer waren dabei ums Leben gekommen, etliche wurden verletzt.

Wer der Herr über dieses Lager gewesen war, behielt Felix wohlweislich für sich. Und auch Miggi hielt den Mund.

XXIV.

Das Radio war weg, aber am achten Mai machte es wie ein Lauffeuer die Runde, dass der Krieg vorbei war, selbst auf den abgelegenen Höfen im Schwarzwald.

Fritz war aufgeregt. »Meint ihr, ich kann es wagen und mich auf den Weg nach Hause machen? Ah, ich möcht' am liebsten sofort los!« Er rieb sich die Hände.

Tadeusz und Piotr diskutierten lautstark auf Polnisch. Cédric lächelte in sich hinein, während Wilhelm bedächtig an seiner Pfeife zog.

Mina hingegen fing laut an zu schluchzen. Anna hielt ihre große Tochter fest. Tränen rannen über ihr Gesicht, aber was sie in diesem Moment bewegte, blieb für alle ein Rätsel. Sie sprach nach wie vor kein Wort.

Auch Felix redete immer häufiger davon, mit Cédric aufzubrechen und zu seiner Mutter zurückzukehren. Die Polen waren quasi schon weg, zumindest gedanklich. Wilhelm schaute bekümmert drein.

»Ich möchte euch alle nicht aufhalten«, sagte er. »Aber wenn ihr erst nach der Heuernte gehen könntet, dann wäre das für uns eine große Erleichterung.«

Weil der Bauer immer gut zu ihnen gewesen war, entschieden alle, auch Tadeusz und Piotr, ihm tatsächlich so lange zur Seite zu stehen. Vielleicht war es auch besser abzuwarten, denn noch waren die Nachrichten verwirrend und die Lage undurchsichtig. Für Miggi indes war klar, dass er zumindest diesen Sommer noch auf dem Nonnenfeldhof bleiben würde. Er konnte sich ganz sicher nicht vorstellen, die Bauersfamilie jetzt im Stich zu lassen. Und wer wusste schon, wie es in Freiburg war? Warum sollte es da jetzt mit den Franzosen in der Stadt mehr zu essen geben als während des Krieges? Bis jetzt waren ihm die Soldaten nicht besonders freundlich vorgekommen. Von seiner Mutter hatte er noch nichts gehört, aber er glaubte, dass sie nun wieder nach Freiburg zurückkehren würde, weil es in Buchenbach bestimmt nicht ewig auszuhalten war.

Der Sohn vom Sattler, Toni, kam aus Gibach zum Nonnenfeldhof gerannt.

»Wilhelm«, brüllte er schon vom Weiten, »der Markus ist wieder da!«

Wilhelm hinkte mit seinem Holzbein auf ihn zu: »Wo ist der Junge?«

»Er ist unten im Lazarett in der Schule.«

»Gott im Himmel, wie geht es ihm?«

»Weiß ich nicht«, antwortete Toni.

Anna kam aus dem Haus gestürmt. Sie hatte die freudige Nachricht von drinnen mitgehört. Sofort machte sie sich daran, ein Päckchen mit Essbarem zu richten. Sie drückte es Miggi in die Hand.

»Da, Miggi, das trägst du«, sagte sie. »Ich würd' gern selbst gehen, aber ich kann die Mina nicht allein lassen. Begleit du den Wilhelm.«

Miggi freute sich über den Vertrauensbeweis und darauf, Markus wiederzusehen.

Sie warteten nicht lange, sondern setzten sich gleich Richtung Dorf in Bewegung. Miggi war zum ersten Mal seit jenem fünfundzwanzigsten April wieder in Gibach. Der kleine Ort wirkte geschäftig und gleichzeitig beängstigend. Überall standen Militärwagen herum, und Marokkaner mit ihren Turbanen und außergewöhnlichen Umhängen patrouillierten durch die Straßen. Auch vor der Schule standen sie. Dazu waren noch viele weitere Leute unterwegs, die hier offensichtlich ihre verwundeten Verwandten suchten.

Sie betraten das Gebäude. Gleich hinter dem Eingang herrschte dichtes Gedränge. Von der Schule war nicht mehr viel zu sehen, die Bänke waren weggeräumt, stattdessen lag überall Stroh. Wilhelm fragte eine junge Frau in Schwesterntracht, wo sie Markus finden könnten. Die Schwester wies in Miggis altes Klassenzimmer. »Aber nur einen kurzen Moment«, sagte sie noch.

Im Klassenzimmer standen die Krankenlager dicht an dicht. Nicht jeder Verwundete hatte das Glück, überhaupt in einem Bett zu liegen. Die meisten lagen auf Strohhaufen. Miggi schauderte, als er durch den überfüllten Raum lief. Es roch nach Ausscheidungen und Desinfektionsmittel. Vielen Patienten fehlten Gliedmaßen, andere waren im Gesicht verbrannt, einige stöhnten.

In einem der wenigen Betten fanden sie Markus. Miggi erschrak, genau wie Wilhelm. Fast hätten sie den Hoferben nicht erkannt. Zwar trug er keinen Verband, und es fehlte ihm auch kein Arm oder Bein, aber war er kreidebleich und abgemagert bis auf die Knochen.

Markus sah sie aus tief in die Höhlen gesunkenen Augen an. Auf seinem Gesicht erschien ein schwaches Lächeln.

»Papa! Ich bin wieder da.« Er sagte es mit ganz kraftloser Stimme.

»Markus, wir sind so froh.«

Ganz fest drückte Wilhelm die Hand seines jüngsten Sohnes. Dann verdunkelte sich sein Blick, als er den ausgemergelten Körper des Jungen musterte.

»Bub, was ist bloß mit dir geschehen?«, murmelte der Bauer.

»Die Tuberkulose, Papa. Hat fast alle in unserer Kompanie erwischt.« Markus lächelte schief. »Das wird schon wieder.«

Wilhelm zwang sich, ein fröhliches Gesicht aufzusetzen.

»Die Mama konnte nicht kommen. Aber wir haben dir etwas zu essen mitgebracht.«

Miggi reichte das Päckchen mit dem Essen an.

Anna war vorausschauend genug gewesen und hatte in ein Häfele Haferbrei eingefüllt. Dazu ganz frisches, weiches Brot, das sie erst zwei Tage zuvor gebacken hatte, obwohl ihre Mehlbestände seit dem Einmarsch der Franzosen stark geschwunden waren. Markus aß hungrig, aber im Schneckentempo, was Wilhelm ihm reichte. Für jeden Bissen brauchte er Minuten.

Als sie sich von Markus verabschiedeten, ergriff dieser die Hand seines Vaters und hielt sie lange fest.

»Wir holen dich bald, mein Sohn«, murmelte Wilhelm, »bald bist du wieder ganz zuhause.«

Als sie das Lazarett verlassen hatten, wirkte Wilhelm erschüttert.

»Wie soll der Bub bloß gesund werden und eines Tages den Hof übernehmen? Mein Gott, was haben sie nur mit unseren Kindern gemacht!«

Doch schon im nächsten Moment hatte der alte Bauer seine Gefühle wieder im Griff. Entschlossen drehte er sich um. »Komm Miggi, wir müssen noch wohin.«

Statt Richtung Hof zurückzulaufen, gingen sie zum Metzger Beringer, jenem Fleischer, der damals die Ziegen zerlegt hatte, die auf der Weide der Blitz getroffen hatte.

Der Metzgerladen war voller Kunden, aber Auslage gab es eigentlich nicht.

Als sie an der Reihe waren, fragte Herr Beringer freundlich, was er für Wilhelm tun könne.

»Du musst mir helfen. Mein Jüngster liegt todkrank mit TB im Lazarett. Er muss zu Kräften kommen, und zwar schnell. Was kannst du mir anbieten? Geld spielt keine Rolle.«

Der Metzger kratzte sich am Kinn und dachte kurz nach. »Ich besorg dir was. Mach dir keine Sorgen. Übermorgen kannst du es abholen.«

»Ich danke dir.«

»Ich mach dir einen feinen Hundetran und den gibst dem Markus mit ein paar Eiern dreingeschlagen.«

Miggi schaute entsetzt – wollte der Beringer wirklich einen Hund metzgen und Markus das Fett geben? Das war doch widerlich!

»Einverstanden. Wenn ich nicht selbst komm, schick ich einen meiner Hirtenbuben vorbei. Bezahlen tu ich im Voraus«, sagte Wilhelm und legte ein paar Münzen auf die Theke. Der Metzger dankte und hob die Hand zur Verabschiedung.

Auf dem Hof wurden sie von Anna und Dorothea sehnlichst erwartet. Mina hingegen zeigte keine wahrnehmbare Reaktion.

Anna weinte vor Freude und Sorge zugleich. Am nächsten Tag ging sie gemeinsam mit Dorothea ins Dorf, um Markus zu besuchen. Als sie zurückkamen, war ihnen die Erschütterung ins Gesicht geschrieben.

»Solange Markus so schwach ist, können wir ihn nicht herholen«, meinte Anna. »Wir müssen sofort anfangen, ihn aufzupäppeln.«

Es traf Miggi, beim Metzger den Hundetran abzuholen. Mit zwei Eiern im Gepäck trat er in den Laden und reichte sie über die Theke. Herr Beringer rührte Tran und Eier zusammen und gab Miggi die Schüssel. Dazu noch die Flasche mit dem restlichen Tran.

»Schaust', dass der Markus alles isst, gell?«

Miggi wurde endgültig schlecht, als er das überfüllte Krankenzimmer mit seinem stechenden Geruch betrat. Dazu die Mischung aus Hundetran und Eiern in seiner Hand – er musste sich zusammenreißen, um sich nicht zu übergeben.

Auch Markus war von der Krankenspeise nicht sonderlich angetan, aber er fügte sich und aß alles auf.

Auch in den nächsten Tagen war es Miggi, der Markus seine tägliche Ration brachte. Die Heuernte hatte begonnen und es wurde jede Hand gebraucht, denn Mähder waren kaum zu kriegen. Auch Fritz, der doch von Landwirtschaft keine Ahnung hatte, half mit und stellte sich recht geschickt an. Dorothea mochten die Bauersleute nicht ohne Begleitung ins Dorf schicken, da fiel die Wahl eben auf Miggi.

Der Junge konnte es kaum glauben, aber der Hundetran verfehlte seine Wirkung nicht. Markus sah besser aus, sprach deutlicher und setzte sich nach einer Woche erstmals aus eigener Kraft im Bett auf.

Nachdem Anna von einem Besuch zurückkam, erklärte sie, dass es nun für Markus besser sei, auf dem Hof weiter zu genesen. Wilhelm spannte einen seiner Füchse vor die Kutsche und fuhr zusammen mit Miggi nach Gibach, um den ersten seiner drei Söhne heimzuholen.

Markus war immer noch zu schwach, um lange zu laufen. Unter größter Mühe bewältigte er die wenigen Stufen ins Wohnhaus. In der Stube ließ er sich schnaufend auf dem erstbesten Stuhl nieder.

»Mina, wie schön, dich zu sehen!«, rief Markus seiner Schwester zu, die wie immer in der Stube auf der Bank saß. Sie schälte Kartoffeln, das machte sie erst seit ein paar Tagen. Zwar wandte das Mädchen ihrem Bruder den Kopf zu und blickte ihn an, aber ihr Gesicht zeigte keinerlei Regung.

Markus war bestürzt. Er erkannte seine einst so fröhliche Schwester nicht wieder. Miggi hatte ihm zwar bei einem seiner zahlreichen Besuche erzählt, dass es Mina nicht gut ging, aber so etwas hatte er nicht erwartet. Gott sei Dank kam Dorothea hereingeflitzt und begrüßte ihren Bruder stürmisch, so dass die peinliche

Stille, die eingetreten war, durchbrochen wurde. Markus freute sich.

»Hallo, kleine Schwester! Du liebe Güte, was bist du groß geworden!«

Cédric und Felix hatten ein Bett in die Stube getragen und Anna ihrem Sohn darauf ein Lager gerichtet, damit er bei ihnen sein konnte und nicht allein in seiner Kammer liegen musste. Jeder hoffte insgeheim, dass dies auch eine positive Wirkung auf Mina haben würde.

XXV.

Die Heuernte war eingebracht, und nun hielt die Männer, die es mehr oder weniger unfreiwillig hierher verschlagen hatte, nichts mehr auf dem Hof. Cédric und Felix, Tadeusz und Piotr und natürlich Fritz zog es nach Hause. Fritz und die beiden Polen machten den Anfang. Da sie in dieselbe Richtung wollten, hatten sie entschieden, sich zusammenzutun.

Allen Zurückbleibenden fiel der Abschied schwer. Fritz hatte sich als fröhlicher, zuvorkommender und ordentlicher Helfer und Mitbewohner erwiesen, und Tadeusz war der Bauernfamilie nach so langer Zeit sowieso ans Herz gewachsen. Anna stattete die Männer noch mit etwas Wegzehrung aus, dann marschierten sie los, fröhlich winkend.

Am folgenden Tag wurde Miggi für ein paar Erledigungen nach Gibach geschickt. Er nutzte die Gelegenheit, um auf dem Postamt einen Brief an seine Familie aufzugeben. Während er in der langen Schlange stand, kam er nicht umhin, die aufgeregte Unterhaltung zweier Frauen aus dem Dorf mitzuhören, die sich über einen Vorfall am Vortag ausließen.

»Und dann haben sie den Veith einfach abgeknallt. Direkt vor seinem Haus.«

»Um Gottes Willen! Hat man die erwischt?«

»Nein, die sind abgehauen. Keiner hat sie aufgehalten. Ist schon verrückt.«

»Ja, und wer war das?«

»Na, zwei Polacken eben, der eine war der oben vom Schindelmaierhof, hat die Elsbeth gesagt. Den hätt' sie da mal gesehen. Vom andern weiß ich nix.«

»Und wer hat geschossen?«

»Weiß ich nicht.«

»Und wo sind sie jetzt?«

»Keine Ahnung. Die sind einfach weitergelaufen. Und die Frau kommt raus und sieht da ihren Mann tot liegen. Schrecklich.«

»Ja, schrecklich.«

»Ich hab im Postamt gehört, dass Piotr und Tadeusz jemanden erschossen haben sollen«, sagte Miggi später am Tisch.

»Was? Wieso sollten die das denn tun? Das kann ich nicht glauben«, rief Anna aus. »Die beiden doch nicht. Die hatten doch gar keine Waffe dabei, oder?«

Vielleicht ja doch, dachte Miggi und sah Felix an. Dessen Gesichtsausdruck war wie so oft unergründlich.

»Wer wurde denn erschossen?«

»Weiß nicht. Veith oder so ähnlich.«

»Veith? Das war doch der Aufseher von der Baracke da, oder, Cédric?«, fragte Wilhelm.

Cédric antwortete nicht. Aber auf seinem Gesicht erschien ein breites, zufriedenes Grinsen.

Cédric und Felix wollten nur zwei Tage später aufbrechen. An ihrem letzten gemeinsamen Weidetag sprachen die beiden Hirtenbuben über ihre Zukunft.

»Was wirst du machen, wenn du wieder bei deiner Mutter bist?«

»Ich denke, wir bleiben in Frankreich«, meinte Felix. »Cédric stammt ja auch von einem Bauernhof. Ich denke, da können wir unterkommen. Dann könnten meine Mutter und Cédric endlich zusammen sein.«

»Und die Schule?«

Felix lachte. »Ich weiß gar nicht, wie man auf Französisch schreibt. Das wird bestimmt mühsam!«

Nach einer kurzen Pause fragte er: »Und du?«

»Ich bleib über den Sommer noch hier, das ist klar. In die Schule werde ich auch wieder gehen müssen, aber wer weiß, wann die wieder aufmacht«, antwortete Miggi vage.

»Willst du nicht mal wieder deine Familie besuchen?«, fragte Felix.

»Doch, natürlich. Ich habe die ja auch schon ewig nicht gesehen. Die sind wieder in Freiburg und warten immer noch auf neue Fensterscheiben.« Miggi hatte mittlerweile wieder mehr Briefkontakt zu seiner Mutter. »Wenn die Bahn durchs Höllental wieder fährt, werde ich sie mal besuchen.«

»Und dein Vater?«

»Weiß nicht. Nichts gehört.«

»Ich hab da noch was für dich, Miggi.«

»Was denn?«

Felix nestelte in seiner Tasche. Dann zog er einen Gegenstand hervor, den Miggi besser kannte als jeden anderen.

»Mein Messer! Wo hast du es gefunden?«

»Ich hab es nicht gefunden, Miggi. Und auch nicht verloren. Ich wollte es haben, zur Sicherheit. Ich dachte, wenn Cédric und ich im Notfall schnell verschwinden müssten, wäre es gut, ich hätt' ein gescheites Messer. Aber es ist nicht recht.«

Felix lächelte verunsichert, das hatte Miggi noch nie gesehen.

»Cédric war sauer, als er es gesehen hat. Aber ich hatte mir eh schon vorgenommen, es dir wiederzugeben. Es tut mir wirklich leid.«

Felix überreichte Miggi seinen Schatz. Rasch griff Miggi danach. Ein Glücksgefühl überkam ihn. Sein Messer war wieder da. Nur das zählte. Miggi versuchte, wenigstens ein bisschen sauer auf Felix zu sein, aber er merkte, dass dieses Gefühl jetzt keinen Platz mehr zwischen ihnen haben sollte.

Da sie mit Cédric einen guten Kontakt zur französischen Kommandantur im Dorf hatten, entstand bei den Bewohnern ein mulmiges Gefühl, als er mit Felix zusammen den Nonnenfeldhof verließ. Jetzt waren sie ohne Französischkenntnisse auf sich allein gestellt. Wilhelm hielt lange Cédrics Hand und sprach mit ihm. Dann eine herzliche Umarmung, und Cédric und Felix liefen los. Einmal noch drehten sie sich um und winkten. Bald schon waren sie außer Sichtweite.

Miggi war bedrückt. Wie musste sich das jetzt für Wilhelm und Anna anfühlen? In der Stube ihr kranker Sohn und ihre Tochter, die nicht mehr sprach. Der einzige Arbeiter, der jetzt noch da war, war er selbst!

Wilhelm brauchte Miggis Arbeitskraft auf dem Hof und dem Feld, deshalb war es Dorothea, die nun zusammen mit Erwin, einem zwölfjährigen Flüchtlingskind, die Kühe auf die Weide treiben würde. Erwin bekam das Bett von Felix, so dass Miggi einen neuen Kammergenossen hatte. Erwin war ein aufgeschlossener, freundlicher Kerl, mit dem Miggi es gut aushielt. Er kam aus Ostpreußen und war mit seiner Mutter nach Hinterzarten geflüchtet, wo sie bei Verwandten untergekommen waren.

Markus wurde mit der Zeit wieder kräftiger, nahm an Gewicht zu und fing an, kleinere Arbeiten, die nicht viel Einsatz erforderten, zu übernehmen. Mina hingegen verließ nach wie vor das Haus nicht. Miggi versuchte manchmal, ihr den Sonnenschein schmackhaft zu machen, das Gezwitscher der Vögel oder die Blumen am Wegesrand, indem er ihr einen Strauß pflückte. Doch das Mädchen hatte dafür nicht mehr als einen leeren Blick übrig.

Was war nur aus der fröhlichen, bezaubernden Mina geworden? Würde sie je wieder so sein, wie sie einmal gewesen war? Das fragte sich nicht nur Miggi. Aber keiner wusste, wie man ihr hätte helfen können.

Im September 1945 kehrte der zweite Sohn zurück auf den Nonnenfeldhof. Eines Abends stand Egon ganz plötzlich vor der Tür, als Miggi gerade im Stall die Schweine fütterte.

»Egon, Gott sei's gedankt, wie schön, dass du wieder da bist!«

Wilhelm hinkte auf seinen Sohn zu. Auch Anna war sofort zur Stelle und begrüßte ihn überschwänglich.

Egon wirkte kräftig, braungebrannt und fröhlich. Von Kriegsverletzungen keine Spur. Er hatte auch nichts Schlechtes zu berichten.

»Ich war die ganze Zeit in Norwegen. Herrlich ist es da, sag ich euch«, schwärmte er beim Abendessen. »Wir hatten eigentlich gar nicht viel zu tun, ein bisschen patrouillieren, das war alles. Ich hatte selten so wenig Arbeit wie dort. Also hier«, Egon zwinkerte seinem Vater zu, »geht es deutlich anstrengender zu.«

»Was hast du denn dann die ganze Zeit getrieben?«, fragte Markus fast neidisch. Er war an der Ostfront gewesen und hatte bisher kaum etwas von seinen Erlebnissen erzählt.

»Ich habe gemalt. Norwegen ist fantastisch, noch schöner als der Schwarzwald. Und das Licht! Stellt euch vor, im Sommer wird es dort gar nicht dunkel.«

Egon lachte. »Ich zeige euch gleich meine Bilder. Ich wusste ja gar nicht, dass ich Talent zum Malen hab. Aber irgendwie muss man die Zeit ja rumkriegen.«

Nachdem der Tisch abgeräumt war, breitete Egon seine Werke darauf aus. Er hatte nicht übertrieben: Die Bilder waren wirklich toll gemalt. In kräftigen Farben zeigten sie steile Schluchten, spektakuläre Meeresbuchten – Fjorde genannt, wie Egon erklärte –, schroffe Felsen und leuchtende Sonnenuntergänge. Miggi konnte sich daran kaum sattsehen. Anna weinte vor Glück, dass ihr zweiter Sohn so unbeschadet wieder zurückgekehrt war.

Nur Mina blieb stumm an ihrem Platz sitzen und würdigte die Werke ihres Bruders keines Blickes.

XXVI.

Im Oktober gab es gute Nachrichten für Miggi: Die Schule sollte wieder beginnen. Allerdings ohne Herrn Menzenfelder. Als strammer Nazi mit Parteibuch war er von den Franzosen verhaftet worden.

Miggi war begeistert, längst hatte er Pläne geschmiedet. Möglichst schnell wollte er den Schulabschluss nachholen und dann eine Lehre als Schreiner beginnen. Wilhelm hatte ihm angeboten, als Knecht auf dem Hof zu bleiben, aber er verstand, dass Miggi eine Lehre machen wollte, und riet ihm auch zum Holzhandwerk, hatte Miggi sein Geschick in diesem Bereich doch schon vielfach unter Beweis gestellt.

Miggi freute sich so sehr über die kommenden Aussichten, dass er sich unbedingt mitteilen wollte. Früher hatte er alles Mina erzählt, warum nicht auch jetzt? Er hatte die ganze Zeit schon immer wieder versucht, sie in das Alltagsgeschehen einzubinden und ihr zu berichten, was er so erlebt hatte. Ob das irgendetwas brachte, wusste er nicht, aber gar nichts zu tun, hielt Miggi für falsch.

»Mina, stell dir vor, die Schule geht wieder los!«

Mina schaute immerhin auf und blickte ihm in die Augen.

»Dann mach ich den Abschluss und dann werd' ich Schreiner. Was meinst'? Das wär doch ein ganz guter Beruf für mich, oder?«

Miggi zog einen Stuhl heran und nahm direkt vor Mina Platz, die wie immer auf der Fensterbank an der kurzen Seite der Stube saß.

»Und dann, Mina, wenn ich einen Beruf hab, dann geh ich zurück nach Freiburg, und dann nehm ich dich mit. Da kannst du arbeiten als Schneiderin oder du verkaufst im Kaufhaus Mode, so wie du das immer wolltest. Jetzt kannst du das! Jetzt ist alles möglich. Der Krieg ist doch vorbei!«

Miggi wusste nicht, warum er all das sagte, aber er spürte, dass es gut war. Denn Minas Mundwinkel zuckten.

Sie lächelte.

Miggis Herz hüpfte, während er hinausstürmte und Anna suchte. Mina hatte gelächelt! Sie hatte sich geregt. Jetzt würde es endlich aufwärts gehen, da war er sich sicher.

Am nächsten Tag fehlte Mina beim Mittagessen. Niemand hatte mitbekommen, dass sie das Haus verlassen hatte, und es erschien ausgesprochen seltsam, dass ihr Platz in der Stube leer war.

Alle waren sehr besorgt. Ein seltsames Gefühl machte sich breit.

»Wir müssen sie suchen gehen, alle«, entschied Wilhelm. »Jeder übernimmt einen Teil.«

Schnell teilte er auf, wer wo suchen sollte. Alle gingen sofort auseinander und riefen Minas Namen.

Miggi sollte im hinteren Bereich des Hofes nach ihr schauen. Über die Hocheinfahrt trat er in die Tenne. Er drückte gegen das nur angelehnte Holztor, auf dem noch die Einschüsse des französischen Kommandanten zu erkennen waren. Knarzend gab das Tor nach.

Durch die oberen Luken schien die Herbstsonne mit ihrer letzten Kraft und warf leuchtende Bahnen in die Scheune. In den Lichtstrahlen hing stoisch der Ochsenkopf und wachte über das Haus.

Da sah Miggi, was passiert war. Er schloss die Augen.

Lass es bitte nicht wahr sein, lieber Gott, und lass es nicht mich sein, der das sieht, betete er.

Dann öffnete er die Augen wieder.

Vor ihm baumelte von der Hurt herab an einem Strick Minas lebloser Körper.

Miggi stolperte hinaus ins Freie. Ihm war schwindlig. Das konnte nicht sein. Nicht Mina.

Er atmete tief durch, dann hörte er seine eigene Stimme rufen: »Ich hab sie gefunden. Sie ist hier auf der Tenne.«

Es war Egon, der seine Schwester vom Strick schnitt. Ihr lebloser Körper sackte in seine Arme, und mit festem Schritt trug er Mina in die Stube. Anna war an der Tenneneinfahrt zusammengebrochen, ihr lautes Heulen erschütterte den ganzen Hof. Wilhelm hockte neben ihr und hielt seine Frau in den Armen, zu schockiert, um irgendetwas zu sagen. Dorothea stand fassungslos daneben.

Da Markus' Krankenbett noch nicht aus der Stube geräumt war, zog Miggi ein weißes frisches Laken darüber und Egon bettete Mina darauf, faltete ihre Hände und legte einen Rosenkranz hinein.

Dann machte Miggi sich auf, den Pfarrer zu holen.

Das Totenkreuz stand neben Minas Kopf, Kerzen brannten, und die Bewohner der Nachbarhöfe und Leute aus dem Dorf drängelten sich förmlich in die Stube, um der einst so fröhlichen, unbeschwerten und allseits beliebten Mina die letzte Ehre zu erweisen. Als der Besucherstrom abebbte und es Nacht wurde, blieb die Hofgemeinschaft geschlossen in der Stube und hielt die Totenwache, teils schlafend auf der Fensterbank, bis am nächsten Morgen der Leichenwagen kam, gezogen von zwei Pferden.

Tränenüberströmt lief Miggi mit der Familie hinter dem Wagen her nach Gibach zum Friedhof. Drei Jahre hatte er auf dem Nonnenfeldhof verbracht, und Mina war dort stets der Mittelpunkt für ihn gewesen. Sie war sein Anlaufpunkt, wenn er Sorgen oder Fragen hatte. Sie hatte immer dafür gesorgt, dass es den anderen gut ging, und ihre Fröhlichkeit war ansteckend gewesen. Bis zu jenem Tag, an dem sie ihr Lachen und ihre Sprache verlor. Und selbst da hatte sie noch dafür gesorgt, dass ihrer Schwester und ihrer Mutter nichts passieren würde.

Wie gestern die Stube war auch jetzt der Friedhof voll mit Menschen, die sich von Mina verabschieden wollten. Während der Pfarrer die Grabrede hielt, verdunkelte sich der Himmel und es fing in Strömen an zu regnen.

Der Himmel weint, dachte Miggi. Weil es Mina nicht mehr gibt.

XXVII.

Minas Tod brachte den Wendepunkt. Miggi wollte den Bauern nicht im Stich lassen, aber er konnte sich nicht mehr vorstellen, noch länger auf dem Nonnenfeldhof zu bleiben. Seine Zeit dort neigte sich plötzlich dem Ende zu. Zwar hatte er noch nicht mit Wilhelm gesprochen, aber mittlerweile hatte sich Miggi überlegt, seinen Schulabschluss in Freiburg zu machen und dort nach einer Lehrstelle zu suchen. Drei Tage nach Minas Beerdigung bat er deshalb darum, nach Freiburg fahren zu dürfen, um zu schauen, wie sich die Situation dort darstellte, und da er fast ein ganzes Jahr nicht mehr daheim gewesen war, sagten Anna und Wilhelm natürlich nicht Nein.

Die Höllentalbahn fuhr nicht mehr, da auf der Strecke zwischen Freiburg und Hinterzarten in den letzten Kriegstagen zwei Tunnel und eine Brücke gesprengt worden waren. Inzwischen war ab Hinterzarten ein Ersatzverkehr mit Lastwagen eingerichtet worden, der leidlich funktionierte.

Miggi kletterte auf die bereits überfüllte Ladefläche des Lastwagens. Auf den Reihen rechts und links saßen die Passagiere so eng zusammen, dass zwischen sie kein Blatt mehr gepasst hätte. Wohl oder übel musste Miggi auf dem Boden Platz nehmen, der auch schon gut gefüllt war. Die Reisenden wurden hin- und hergeschüttelt, während der Lastwagen sich durch die engen Kurven des Höllentals schlängelte. Als sie endlich in Freiburg ankamen, war Miggi so schlecht, dass er sich nach dem Ausstieg beinahe übergeben musste.

Der Anblick von Freiburg erschreckte ihn. Das letzte Mal war er direkt nach dem verheerenden Bombenangriff hier gewesen. Damals war ihm alles so unnatürlich erschienen, dass er nur noch diffuse Erinnerungen an den Zustand der Stadt hatte. Jetzt sah er das ganze Ausmaß der Zerstörung: Der Hauptbahnhof war komplett verschwunden, die Straßen waren gesäumt von Schutt, auf dem Frauen und Kinder herumkletterten. Dazu patrouillierten auch hier überall französische und marokkanische Soldaten.

Miggi blickte auf die Herz-Jesu-Kirche, die bei einem weiteren Bombenangriff im Dezember 1944 schwer beschädigt worden war. Er sah, dass das nördliche Querschiff komplett eingestürzt war, und empfand große Trauer. Das ganze Leben ist durch diesen Krieg zerstört, dachte er und hatte die unglückliche Mina vor Augen.

Die Klarastraße wirkte aufgeräumt. Erwartungsvoll ging Miggi auf sein Elternhaus zu. Er konnte sehen, dass mittlerweile fast alle Fenster wieder Scheiben hatten. Er drückte die Haustür auf und nahm unmittelbar den

Geruch seiner Kindheit wahr. Muffig, aber vertraut und ein Stück Heimat. Die Treppen knirschten wie immer, während er eilig nach oben schritt. Noch bevor er klingeln konnte, wurde die Tür schon geöffnet und seine Mutter schloss ihn in die Arme.

EPILOG

Ein halbes Jahr später, im Frühjahr 1946, machte Miggi den Schulabschluss an seiner alten Schule. Unmittelbar danach fand er eine Lehrstelle als Schreiner gleich nebenan in der Guntramstraße. Miggi war sich sicher, genau den Beruf gewählt zu haben, der zu ihm passte.

Er lebte wieder mit seiner Familie in der Klarastraße, aber hielt weiterhin den Kontakt zum Nonnenfeldhof. So erfuhr er auch, dass Matthias, der älteste Sohn, nicht aus dem Krieg zurückkehren würde. Auch Gerion, der junge Knecht, blieb verschwunden. Markus blieb zu schwach, um als Landwirt zu arbeiten, so dass Egon zum Hoferben wurde. Egon heiratete bald die Tochter von einem anderen Hof in Gibach und gründete eine Familie. Anna und Wilhelm zogen sich aufs Altenteil zurück, schwer getroffen vom Schicksal, das der Krieg ihnen beschert hatte.

Damit die Familie Schocher durchkam, war Miggis Mutter gezwungen, Geld zu verdienen. Sechsmal in der Woche ging sie abends in eine Gaststätte in der Lehener Straße, wo sie als Bedienung arbeitete. Die Arbeit war anstrengend, aber notwendig, und so konnte Miggis Mutter tagsüber wenigstens selbst für ihre kleinsten Kinder sorgen, während sich Miggi und Irmi abends um die Geschwister kümmerten.

Miggis Vater kehrte 1948, drei Jahre nach Kriegsende, äußerlich und innerlich gezeichnet, aus russischer Gefangenschaft zurück.

ANMERKUNG

Künstlerische Freiheit schützt vor historischer Korrektheit nicht. Es sei daher an dieser Stelle darauf hingewiesen, dass der Fliegerangriff auf den Spielplatz in der Kreuzstraße in Freiburg nicht im Sommer 1942 stattfand, sondern tatsächlich am 10. Mai 1940.

Wahr ist, dass es sich hierbei um einen irrtümlichen Angriff der deutschen Luftwaffe handelte, bei dem 57 Menschen starben, darunter 20 Kinder.

Die Verdingung von Hütekindern hatte eine lange Tradition im Schwarzwald und galt als normal. Die Schule wurde den landwirtschaftlichen Erfordernissen untergeordnet.

Erst Mitte der 1950er-Jahre, mit dem Aufkommen des umsteckbaren Elektrozaunes und einem sich wandelnden Verständnis von Kindsein, endete diese Kinderarbeit. Die letzte Hirtenschule Furtwangens, im Ortsteil Linach, schloss im Jahr 1961 ihre Pforten.

DANKE

Ich danke Barbara Sester und René Bossert vom Badischen Landwirtschafts-Verlag für die Gelegenheit, das Thema Hütekinder in eine literarische Form zu gießen, und für ihren schier unbegrenzten Vertrauensvorschuss.

Danke, Thomas Hafen vom Schwarzwälder Freilichtmuseum Vogtsbauernhof, für die Motivation, es wirklich zu versuchen.

Danke, Conny Kappler, Marion Lassen und Dani Orth, für Eure wertvollen Rückmeldungen als erste Leserinnen.

Mein besonderer Dank gilt den zwölf ehemaligen Hütekindern aus Furtwangen, die mir im Sommer 2010 für Gespräche zur Verfügung standen und die ihr unschätzbares Wissen und ihre Erfahrungen mit mir geteilt haben. Sie alle sind ein bisschen »Miggi«.

Freiburg, April 2016 — Julia Heinecke

Das Titelbild dieses Romans entstand im Kriegsjahr 1942 auf dem Gelände des ehemaligen Vogtmartinshofes in Furtwangen-Schönenbach. Es zeigt den siebenjährigen Hütejungen Franz Mayer mit seinem älteren Bruder Konrad, hinten im Bild, mit den Kühen auf dem Weg zur Weide am Prestenberg. Die Kinder der Familie mussten die Kühe der kleinen Landwirtschaft hüten, die neben dem Uhrengewerbe noch betrieben wurde. Bemerkenswert ist die umzäunte Viehgasse des Hofes. Der Zaun wurde im Frühjahr errichtet und im Herbst wieder abgebaut und bestand aus langen, dünnen Fichtenstangen.

Auch im Badischen Landwirtschafts-Verlag erschienen:

Wälderleben

Geschichte und Geschichten der Landwirtschaft im Hochschwarzwald. Ein Heimatbuch von Bernhard Dorer. Der Autor ist Schwarzwaldbauer und Heimatforscher und 1943 in Furtwangen geboren. Keine Generation, so seine Überzeugung, musste mit so vielen Veränderungen klar kommen wie seine. Gerade die Anekdoten und Bräuche aus dem Leben der „Wälder", machen den Alltag und das menschliche Miteinander anschaulich und lebendig. Bernhard Dorer schöpft aus Archiven, Literatur und familieneigenen Dokumenten und Fotografien. So verbinden sich Geschichte und Geschichten zu einem ganz besonderen Heimatbuch. Es zeichnet ein vielschichtiges Bild einer vergangenen Welt der stattlichen Hofgüter, der erfinderisch machenden Not und der Abhängigkeiten von Natur, Kirche und Politik. Dabei ist vieles auf die allgemeine Entwicklung der Landwirtschaft im Schwarzwald übertragbar. Eine gleichermaßen spannende Lektüre für Zeitzeugen und Nachkommen.

Omas Gärten

Bäuerliche Gartenparadiese, geprägt vom örtlichen Klima, von regionalen Bräuchen und dem, was das Leben so bringt: „Omas Gärten“ stellt ein Dutzend besonderer Bauerngärten vor, wie sie seit Jahrhunderten Teil von ländlichen Haushalten sind. Gestaltet und bewirtschaftet werden diese Kleinode von beeindruckenden Frauen. Die Gärten tragen nicht nur wesentlich zur Ernährung der Familien bei: Sie sind gleichermaßen Rückzugsort und weibliche Domäne, Schmuck für Haus und Hof und immerwährendes Gestaltungsprojekt. In ihnen lassen gärtnerisches, botanisches und ökologisches Wissen eine üppige Fülle entstehen. Und sie sind doch ganz selbstverständlicher Teil des Alltags – fernab von Trends und Moden. Bescheiden in ihrer Art, bewahren die Großmütter so einen reichen Schatz an Gartenwissen und Erfahrung. Wer die liebenswerten Frauen und ihre Gärten in diesem Buch kennengelernt hat, wird die Landschaft anders sehen: Mit geschärftem Blick nimmt man die bunten Schatzkammern auf den Höfen und in den Dörfern wahr.

Omas Gärten

Silberburg-Verlag Tübingen/Karlsruhe und Badischer Landwirtschafts-Verlag GmbH Freiburg, 2014; 160 Seiten, 184 Farbfotos, ISBN 978-3-8425-1295-5, 24,90 Euro.

Von Julia Heinecke bereits erschienen:

Zwischen Viehhüten und Hirtenschule

Bevor Mitte der 1950er-Jahre der elektrische Weidezaun auf den Schwarzwaldhöfen Einzug hielt, war es die Aufgabe von Kindern, das Vieh zu hüten. Die Hütearbeit basierte auf einem seit Jahrhunderten etablierten System, von dem alle Seiten profitierten: Die Eltern der Hütekinder hatten einen Esser weniger am Tisch, der Bauer eine günstige Arbeitskraft und das Hütekind genug zu essen. Das vorliegende Buch zeichnet den Tagesablauf der Hütekinder nach und geht auf die Probleme und Herausforderungen dieser Kinderarbeit ein. Als Zeitzeugen wurden zwölf ehemalige Hirtenbuben und -mädchen interviewt, die in der Zeit von 1938 bis 1953 auf Schwarzwaldhöfen gearbeitet hatten. Ein besonderes Augenmerk liegt auf der Institution der Hirtenschule, mit der das bestehende System gestützt und gleichzeitig der Schulpflicht halbwegs genüge getan wurde. Die Behörden sahen die Hütearbeit nicht gern, aber gerade in der Zeit nach dem Zweiten Weltkrieg wurde darüber gerne hinweggeschaut.

Julia Heinecke:
Zwischen Viehhüten und Hirtenschule

Schwarzwälder Hütekinder in der ersten Hälfte des 20. Jahrhunderts. Geschichts- und Heimatverein Furtwangen, 2010. 14,90 Euro.

Das Buch kann direkt über den GHV Furtwangen (www.geschichtsverein-furtwangen.de) bestellt werden und ist in den Buchhandlungen von Furtwangen und Umgebung erhältlich.